감자꽃

감자꽃

ⓒ 태사문학회(대표 권필원), 2024

초판 1쇄 발행 2024년 4월 12일

발행인   (주)좋은땅 이기봉
지은이   태사문학회(대표 권필원)
고문   권숙월, 권혁모, 권천학
주간   권필원
편집국장 권순자
편집위원 권필원, 권순자, 권영호, 권정애, 권혁모

편집   좋은땅 편집팀
펴낸곳   도서출판 좋은땅
주소   서울특별시 마포구 양화로12길 26 지월드빌딩 (서교동 395-7)
전화   02)374-8616~7
팩스   02)374-8614
이메일   gworldbook@naver.com
홈페이지 www.g-world.co.kr

ISBN   979-11-388-2963-2 (03810)

태사문학 제3집 2024

감자꽃

태사문학회 지음

좋은땅

『태사문학』, 숭고한 그 뜻 함께하리

태사문학회 대표 권필원(시인)

이제 우리는 숭고한 피를 나눠 가진
자랑스러운 안동 권문의 형제로
하나의 깃발 아래
천 년 전 찬란한 횃불을 들고 세상을 밝히며
드넓은 광야에 희망의 씨앗을 심어야 할

(중략)

자랑스러운 권문의 후예들이여
천년만년을 흘러가야만 할 강물이여
선조께서 켜 놓은 드높은 등대가 기다리는 망망대해로
닻을 올리고 함께 노를 저어 가자

― 권필원 「둥! 둥! 둥! 북을 울려라」 부분

(제31회 안동권문 전국체육대회에 부쳐)

인생은 길 없는 길을 걷는 고난의 연속이라 생각합니다.

우리는 살아가면서 성장과 실패를 경험하게 되고, 그때마다 지혜로운 삶을 위한 길잡이가 필요할 때가 있습니다. 역경을 이겨 내고 벌써 세 번째의 『태사문학』이 발간되었음은 세계 어느 곳에 내놓아도 가문의 자랑스러운 문예지라 생각되는바, 우리 권씨 문중의 문인님들께 진심으로 감사드립니다.

우리 함께 선조님들께서 켜 놓은 드높은 등대가 기다리는 망망대해로 닻을 올리고, 함께 노를 저어 갑시다. 종친 문사님들이 힘을 합쳐서 문학이라는 큰 명제에 도전함으로써 자긍심 또한 대단하리라 생각합니다.

한 가지 변한 부분이 있습니다. 종전의 1, 2집은 『태사문학』이라는 제호로 계속 발간되었습니다만, 3집부터는 『태사문학』의 변별성과 신선한 서정성 확보를 위하여 그해의 합당한 제호로 출간됨을 알려 드립니다. 그래서 금년은 우리 권씨 문중의 현대시 중에서 선별하여 고 권태응 시인의 「감자꽃」이라는 시의 제목으로 제호를 정하였습니다.

변함없이 옥고를 보내 주시고, 후원해 주시는 종친 문인님, 한국문인협회 김호운 이사장님, 대종회 권영창 회장님과 많은 관심을 주시는 대종회 임직원님, 특히 편집을 위해 노심초사 애쓰신 우리 편집위원님들께 고마움을 전합니다.

그리하여 본 『태사문학』이 내년의 제4집에 이어 끝없이 이어지기를 소망하며, 우리 태사문학회 회원님들의 건필과 가정에 축복 있으시기를 기원합니다. 감사합니다.

2024년 2월 25일

명문가의 빛나는 문학지『태사문학』

김호운(소설가 · 한국문인협회 이사장)

　『태사문학』3집 출간을 축하합니다. 우리나라에는 문학단체와 동인지, 상업지 등 수많은 문예지가 발행되고 있습니다. 그 가운데 같은 성씨를 가진 문중 문인들이 동인을 이루어 펴내는 문예지는 제가 알기로는 현재 단 두 종에 불과합니다. 경주이씨 문인들이 10여 년 전부터 펴내는『표암문학』과 그 뒤를 이어 안동권씨 문인들이 3년 전부터 펴내는『태사문학』이 그러한 문예지입니다.

　문예지는 그 성격상 여러 의미를 지니는데 이렇듯 같은 문중 문인들이 모여 문예지를 펴내는 건 특별한 의미로 받아들여집니다. 문중마다 학문과 문예를 빛낸 훌륭한 조상들이 계십니다. 그 조상들의 훌륭한 학문과 문예 정신의 맥을 잇는 일 외에 인성이 메말라가는 현대 사회의 현상을 이를 계기로 치유하고 귀감을 삼도록 해야 합니다. 그런 의미에서 이번에 안동권씨 문인들이『태사문학』3집을 출간하는 성과는 우리 사회와 문단에 큰 힘이 되기에 감사와 함께 거듭 축하 말씀 전합니다.

우리나라는 세계에서 유일하게 성씨에 본관 제도가 남아 있습니다. 통계에 의하면 현재 약 6,000개의 성씨가 있다고 합니다. 여기에는 귀화하여 한자가 없는 성씨도 있으나 대개 문중의 맥을 이어 오는 성씨들입니다.

그 가운데 안동권씨는 단일 본으로 약 70여만 명 정도 인구를 가진 큰 성씨입니다. 안동권씨는 크게 내세우는 두 가지 자랑이 있습니다. 고려 때 권보權溥 선생이 봉군封君이 되어 '당대구봉군當代九封君'으로 이름을 떨쳤고, 또 하나는 우리나라에서 가장 오래된 족보가 안동권씨의 『성화보成化譜』(1477년, 성종 7년)입니다. 그만큼 안동권씨는 명문으로 불리며 훌륭한 업적을 남긴 조상들이 많습니다.

『양촌집陽村集』을 집필한 고려 말 조선 초의 대학자 권근權近은 안동권씨 제일의 인물로 꼽히며, 권제는 세종 때 정인지鄭麟趾 등과 함께 『용비어천가龍飛御天歌』를 지은 대제학이었습니다. 명종 때 영의정을 지낸 권철權轍과 임진왜란의 영웅이며 도원수를 지낸 권율權慄은 부자지간입니다.

선조 때의 유명한 시인으로 『독락팔곡獨樂八曲』, 『한거십팔곡閑居十八曲』 등의 시가詩歌와 『송암집松嚴集』을 낸 권호문權好文 선생도 있습니다. 조선 태종 때 영의정을 지낸 권중화權仲和와 우찬성을 지낸 권벌, 공조판서 권응수權應銖 등도 손꼽히는 인물입니다.

유구한 역사와 전통과 긍지를 자랑하는 천여 년 역사의 안동권씨가 그 맥을 이어 오늘날에도 많은 문인이 뜻을 모아 『태사문학』 동인을 이루고, 이를 구심으로 창작 활동을 하며 우리나라 문학 발전에 크게 이바지하고 있습니다.

안동권씨 문인들의 정성으로 빚은 작품들을 상재한『태사문학』3집이 우리나라의 문학 발전을 위한 초석이 되기를 기원합니다. 한편 이에 후원을 아끼지 않은 안동권씨 대종회와 태사문학회 임원 여러분에게 깊은 감사와 경의를 보내며,『태사문학』이 앞으로 더 크게 발전해 가기를 기원합니다.

병기달권炳幾達權의
지혜를 이어받은 태사공의 후예

안동권씨대종회 회장 권영창

안녕하십니까.

청룡의 해가 밝았습니다.

새해 청룡의 힘찬 기운을 받아 태사문학회 회원 여러분의 건강과
더 큰 발전을 기원합니다.

『태사문학』 제3집 발간을 축하드립니다.

그동안 권필원 회장을 중심으로 태사문학회 회원 여러분께서 코
로나19 팬데믹과 같은 어둠 속에서도 꺾이지 않고 문인의 정신을
꿋꿋하게 발휘하여 『태사문학』 제3집으로 환하게 등불을 밝혀 주
신 여러분의 노고에 큰 박수를 보내드립니다. 이는 이웃과 함께 시
대의 아픔을 노래하면서 생생하게 살아 있는 언어와 문학의 그물
로 걷어 올린 지혜의 산물이라고 사료됩니다.

우리는 시조 태사공의 병기달권炳幾達權(병기를 잘 다룸)의 지혜를
이어받은 태사공의 후예입니다. 특히 이 시대에 시와 시조와 수필

과 소설 등을 통해 안동 권문의 정신문화와 인문 정신을 계승 발전시키고 있는 태사문학회 회원들은 특별한 후손들이라고 생각합니다. 그 탁월성에 격려와 함께 경의를 표하는 바입니다.

2029년은 안동권씨 1100년이 되는 해입니다.

이를 위해 대종회에서는 안동권씨 1100년 편찬위원회, 능동성지조성추진위원회, 청장년중흥위원회, 부녀자중흥위원회 등 특별기구를 설치하여 숭조 정신과 애족 사상을 바탕으로 100만 족친이 서로 화합하고 단결하여 우리 세대에게 부여된 중차대한 1100년의 역사적 과업을 완수하기 위해 청룡과 함께 비상을 준비하고 있습니다. 2024년은 그 원년이 될 것입니다. 태사문학회 회원 여러분의 적극적인 참여와 협조를 당부드립니다.

앞으로도 안동 권문의 문인으로서 시조 태사공의 병기달권의 정신으로 무장하여 우리 시대에 또 하나의 빛나는 전통과 역사로 빚어내어 안동 권문의 자긍심을 드높이는 데 여러분의 활약을 기대합니다. 감사합니다.

| 차 례 |

동시 · 동시조

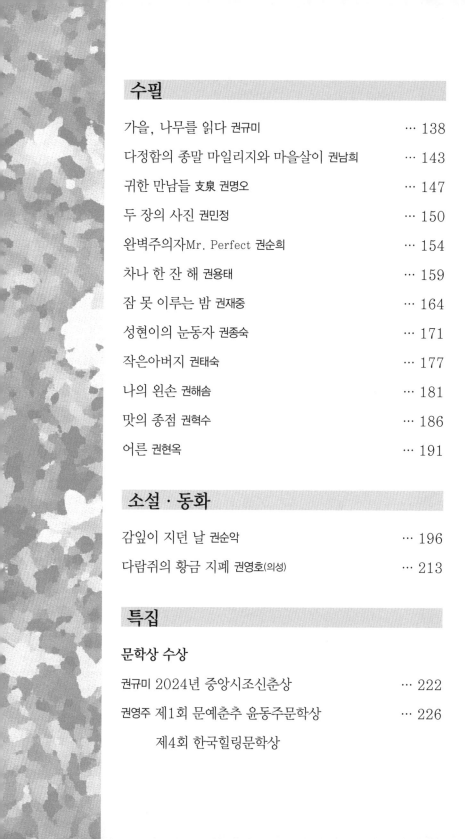

수필

소설·동화

특집

문학상 수상

시 · 시조

두 잔 집 외 2편

권경미

비 오는 날, 사람들이 하나둘 모여든다
제각기 모습은 다르지만
그들은 닮아 있다
벽에 걸린 빛바랜 액자도
오늘은 추억에 잠겨 있고
오래된 탁자도 시간과 같이 정지해 있다
한 잔은 외로워, 두 잔은 마셔야 정이 나는 저녁
때로는 눈물 한 방울도 안주가 되었다
서로가 서로를 위로하며, 잔을 부딪히고
박꽃처럼 하얀 웃음 토해 낸다
내일은 내일의 해가 뜬다고
빗소리 장단에 맞춰 노래 부르고
가끔은 떠나간 그림자도 부여잡고 엉켜
슬픔도 아픔도 어루만진다
연탄난로에는 오뎅 국물이 끓고 있고
무뚝뚝한 할매의 구수한 사투리가 엮어 내는
세월의 흔적 너머 술잔은 흐르고
밤도 조금씩 취하고 있다

딸기밭 테라피[*]

온 산이 연두로 붐비는 날
복지촌 노인 몇, 몸에는 호스 꽂고
맨발로 딸기밭에 들어선다
지문 다 닳도록 가족 위해 일했던 손이
오월 햇살 아래 분주하다
농부의 땀방울인 딸기들이
가지런히 매달려 앉아 있는데
겨우 한 통 따서 나오며
'상처 난 것은 내가 먹고 이쁜 건 팔아야지'
고운 것만 골라 주인에게 건넨다
세월의 맥박 속에 가진 것 모두 내어주고 살았는데
삶은 구부러진 허리만큼 굴곡졌다
떠나간 자식들 생각에 가끔 목도 메이지만
가슴에 별 하나 심어 놓고 알싸한 시간들을 견뎠다
겨울 건너와 살아남은 올해의 봄
빈 몸 이끌고
딸기밭 돌아가는 길에는 조팝꽃이
하얗게 피어나고 있었다

* 테라피: 치료.

낚시

하늘도 내려와 숨쉬는
산자락에 노을이 물든다
물은 사람들 소리에 눈을 뜨고
겨울을 견딘 나무들 저마다 색을 깔고 앉았다
숲은 바람에 흔들린다

흔들리는 건 저 나뭇잎만은 아니다
산다는 게 흔들리는 일 아닐까
흔들려 볼 때까지 흔들려 보는 것
한 손이 다른 한 손을 놓지 못한 채
끌고 다니다가 이제 여기에 와
팽팽한 틈 내어던지고
땀에 젖은 시간을 벗어 놓는다

목표는 하나다
바람이 잠잠해질 때까지 기다려 주기
찌가 흔들릴 때까지 무심히 기다리기
한 걸음 물러나 멀리서 바라보기
하지만 아차 하는 순간, 놓치고 만다

바람 부는 강가에 나가 낚시를 해 본
사람은 안다

권경미

2018년 『영남문학』 시부문 신인상, 시집 『나무는
외로워도 외롭다는 말을 하지 않는다』. 안동문
협, 경북문협, 안동주부문학회 회원. kkmi0119@
naver.com

억새꽃 핀 강둑에서 외 2편

권경주

바람이 밀려올 적마다
강둑의 억새들이
라라 시시 도도 음계를 높인다

나이테를 새길 만큼 몇 년을 두고 살아서도 아니고
그저 한 철을
노래하는 것이리라

구비의 무리가 되어 휘어지거나
구비들이 구비들을 밀어낼 때
햇살 속 물비늘도 은빛이다

물비늘 틈새로
강물의 깊이를 재는 억새

추운 겨울의 긴 밤이
철새를 품을 때
비로소 일어서는 것들을 생각한다
만경강 억새 둑에서

나방

흰 벽지 위에 앉아 있다
살짝 누르면
먼지를 일으키며
풀썩,
죽음
참
가볍다

쌀자루에서 습기를 먹고
잠깐 스쳐 가는 햇살에 부화된
종잇장보다 가벼운
목숨
죄의식도 없이
누르다
멈칫
손을 놓는다

습기로 깨어나는
생명
나방이 날아오른다

아랫말 이야기

관순이네 앞마당 넓은 터에
노부부 깨를 턴다

감꽃 주우며 놀던 자리
자귀나무 한 그루만 서 있을 뿐
허기진 기억들이 잡풀로 무성하다

약 올리던 동생 쫓던 대밭도 헐거워지고
앞서가는 그림자가
적당히 나온 뱃살을 더 부풀려 간다

텃밭에 고추 따러 심부름 가면
장딴지 채이던 메뚜기
통통 살이 올랐다

횡재라도 하듯
모과를 주울까 허리를 굽히는데
송충이 한 마리 꿈틀댄다
후다닥 손을 거두고
감나무를 바라본다

갉아 먹힌 잎맥 사이
파란 하늘이 높다

권경주

전국시조현상공모 차상, 중앙시조백일장 월장원
수상, 제10회 이은방문학상 대상, 제25회 마한문
학상 수상, 시집『오월』,『꽃그늘에서』. 전라시조
문학회, 익산문협, 외얏리문학 회원. mjs0238@
gmail.com

적막과 고요 외 2편

권경희

난 혼자서도
이렇게 조용하게
바람소리 물소리만이
들리는 시골 동네에서
살아갈 수 있으리라
생각했다
그러나 견딜 수 없는 것은
적막과 고요였다
터지기 직전
고무풍선처럼
코감기에 걸린 환자처럼
어제 저녁에는 돌아다녔다
나는 free야
나는 free야
그러나 자유스러운
지금 생활이 두렵군
팔이 다리가 그리고 몸이
안으로 채찍질하며
피곤함도 잊은 채 밤은
깊어만 간다

24   감자꽃

하얀 민들레

민들레 백발이고
고민이 영력이다

왔다가 가는 것이
너뿐이 아닐 텐데

봄날이 짧다 해서
시절 탓은 말아라

무수한 세월 속에
이 몸도 익어 가네

고향의 친구들아 보고 싶다

친구들아 내 마음 아는지
옥정봉에서 가일못을
내려보면 노을 곱던 해질녘
물안개 자욱한 영수정 영롱히 여울지고 청산에
청산에 꿈 펼치며 고향에
향수가 그립다

세월을 벗삼아 마음에
휴식도 없이 바쁜
생활의 여정 무엇을
위하여 앞만 보고 달렸는가
고향 산천은 그대론데
이 네 몸은 세월에 흔적에
고장이 난다 옛 죽마고우와
함께 진달래 따먹던 옛 기억들

허무한 인생 항로 메달리어
살아왔네 이마에는 굴곡진
훈장 붙이고 까만 머리에는
하얀 서리가 앉아 남은 세월

그리 많지 않다
이젠 가끔씩 그 시절 그리며
죽마고우 친구들아
우리 만나 보자구나

권경희

2012년 『한맥문학』 등단, 2015년 『한국문학』 등
단, 한국문협회원, 한맥문협회원, 한맥문협작품
상, 호음문학 작가상 수상, 한국문협 강북지부 이
사, 호음문협 감사, 공저 서정문협 동인지, 글길
문학 동인지, 월간문학 동인지, 민주문학 동인지,
한맥문학 동인지 등. kkh54436@hanmail.net

큰 물고기를 놓아주고 외 2편

권명숙

이보영은 대배우다 상어의 습격으로 노인의 배가 흔들릴 때도 그녀는 조금도 흔들리지 않고 낭독한다 눈도 깜짝하지 않을 그녀의 표정이 보일 듯하다 노인에게 그렇게 큰 물고기가 잡히지 말았어야 했다 상처 난 노인의 왼손을 위해서도 뭍에서 노인을 기다리는 소년을 위해서도

아무도 나를 걱정하지 말았으면 좋겠는데, 나도 캄캄한 물속의 물고기가 되었으면 좋겠는데, 노인의 중얼거림은 물고기의 살점이 뜯겨 나가는 것을 조금도 막지 못한다

노인이 팽팽한 낚싯줄과 사투를 벌일 때 잠시 왔다 간 휘파람새는 어떤 역할을 했을까
아무도 나를 걱정하지 말았으면 좋겠는데, 나도 캄캄한 물속의 물고기가 되었으면 좋겠는데, 라고 내가 중얼거린다면 물고기의 살점이 덜 뜯겼을까

통증은 노인이 죽지 않았음을 말하고 있다 통증은 내가 죽지 않았음도 말한다. 내 손에 커다란 물고기가 잡힌 것을 기뻐하지 말았어야 했다 순간순간이 큰 물고기였던

롭 롭 롭

마지막 한 방울이 떨어지고 땅거미는 신발 등까지 올라와 시린
발을 덮어 주었어

몇 %의 포도당을 혈관이 마시는 동안 그만큼의 잠이 나를 마시
려 해
눈꺼풀을 덮었다 열었다를 반복하는 사이 포도당은 얌전하게 롭
롭 롭
이제 두통이 사라질 거야 포도당 방울처럼 방울방울 떨어져 나갈
거야
지금은 추석 전날 밤이야

내일은 천둥과 큰 비가 예보됐어 오늘 포도당이 최고급일 거야
내 혈관을 통과한 포도당이 모여 둥근달이 될 거야 벌써 마음 한쪽
이 밝아지고 있어

자목련이 천천히 지는

밤늦게 둘이 걷지만 혼자입니다 바람과 걷고 있나 봅니다 바람이 머리카락을 흔들고 옷자락도 들춥니다 이마를 쓰다듬고 어깨를 스치고 눈가를 훔쳐 줍니다 내 몸속에 감추었던 커다란 날숨 하나를 꺼냈습니다 후- 하려고 입술을 모으는 순간 바람이 낚아챕니다 무거운 걸 바람은 왜 가져가는지 모르겠습니다 가다가 나뭇가지 어디에 걸어 둘지도 모릅니다 영운천을 건너다 풍덩 빠뜨릴지도 모르겠고요 바람이 꿀꺽할지도 모릅니다 그걸 하나 꺼내니 속이 허해집니다 또 다른 혼자를 슬쩍 봅니다 속이 든든한 모양입니다 팔굽혀 펴기 20번 윗몸 일으키기 60번을 합니다 '해장국집 열었을까'가 허공에서 내려와 낮게 낮게 바닥에 깔립니다

권명숙

2005년 『한국작가』 겨울호 등단, 2022년 『푸른 동시』 동시 추천 완료, 시집 『읽히고 있다』, 『꽃사과나무 아래 괭이밥 노란 꽃은 왜 아파 보일까?』. silligok@hanmail.net

안부 외 1편

권상진

오래 잊고 지냈습니다

오늘 이 골목을 지나다가 문득 어떤 기억과 마주칩니다

울고 있었지요 얼른 슬픔을 밀치고 손을 내밀었지만 당신은 끝내 다 슬프고 난 후에야 낭자한 눈물을 짚고 혼자 일어섰지요

그리고 나는 보았습니다

당신이 마음을 절며 막 돌아서던 골목 어귀 쪽으로 뒤늦게 일어난 슬픔이 엉거주춤 따라가던 모습을요

나는 슬픔의 반대쪽으로 걸었습니다

만약 당신도 슬픔보다 더 오래 슬펐더라면 슬픔의 뒷모습을 볼 수 있었을 테지요

지금쯤 당신과 슬픔은 각자의 길을 가고 있을까요 아니면 어느 선술집에서 서로에게 길을 물으며 긴 어둠을 또 함께 지새우고 있을까요 간혹 슬픔을 마주치는 날엔 당신을 두리번거리게 됩니다

오래 잊고 살았습니다

당신, 잘 있습니까

나는 잘 있습니다

퇴고

버려야 할 것과 고쳐 써야 할 것
조금 불편하더라도
그냥 두어야 할 것이 있다

한 끼 밥이 차려졌다 물려지고
뜬금없는 생각을 새벽까지 받아 적다가
엎드려 잠든 몸을 받아 주던
소반의 한쪽 다리가 삐걱거린다

버릴까 고칠까 그냥 둘까

오래된 이와 시간을 나누다가
어긋나 버린 생각 때문에
반듯하던 감정을 그만 바닥에 쏟았다

고쳐 쓰지 않는 것이 사람이라지만
버릴 수도 없고
그냥 둘 수도 없어서

그날,

그의 가슴에

못 하나 박고 돌아왔다

권상진

2013년 전태일문학상으로 작품 활동 시작, 시집
『눈물 이후』, 『노을 쪽에서 온 사람』. 합동 시집
『시골시인-K』. 제10회 복숭아문학상 대상 수상,
제7회 경주문학상 수상, 2021년 아르코 문학창
작기금 받음. dasun72@hanmail.net

그리움 외 2편

권수복

꽃 향에 취해 봐도
헛헛한 마음

살가운 잔상들은
꼬투리를 물고

그림자 되어 늘 따른다

비행하다 스러지는
상념의 조각들

해거름으로 왔다 간 그림자

등불 밝히는 밤
꿈으로 오는 사람아

봄 그리고 똬리

개나리 말갛게 웃던
우물가

아침 일찍 마실 나온
참새 한 마리 반가움 앞에 날고

동이 이던 엄마 머리 위
가부좌로 우주까지 받쳐 든다

안개 속 콧김 서려
미동 없이 살아가면서

양지 끝 벽에 매달려
고름 풀고
나른함으로 졸던 둥근 짚

이 또한 봄날의 단상

봄밤

호수에 걸터앉은 달빛에
윤슬이 자리 옮기며 노닐고

뭇 새들 넘나드니
웃음을 입고 나온 벚꽃들

세월이 지나간 만큼
그리운 이들이 더 자리하는가

오늘은 물수제비로
당신에게 가리다

권수복

시인, 시낭송가, 공연시낭송지도사, 기획 연출자,
한국문협, 군산문협, 전북문협, 전북시협, 태사문
학 회원, 시집 『눈물이 피워낸 꽃』, 『바람꽃』, 『그
리움 갈무리』.

단칸방 신혼집 외 2편

권숙월

제비 한 쌍 밤마다 현관 전깃줄에서 잠을 잔 지 달포쯤 되었을까 현관 구석에 집을 지었다 밤똥 자주 누는 제비 하필이면 이곳에 집을 짓다니, 못자리한 논에서 재료를 구해 왔을까 진흙이며 풀줄기 물어 와 지은 집 두 번이나 없애 삐졌는가 싶더니 기습적으로 지어 놓았다 제비 고집 좀 보라는 아내도 싫지 않은 눈치다 세끼 칠 시간이 급했던 것일까 친구 제비들도 거들었다 저 작은 집에 어떻게 들어가 알을 낳을까 걱정했으나 기우였다 단칸방 신혼집 밖으로 나온 꽁지가 알려 주었다

제비의 사랑법

　현관 구석 새 제비집 주먹만 하다 처마 밑의 묵은 제비집 정도는
되어야지 짓다가 만 것 같아 볼 때마다 웃음이 나온다 암제비 알을
품고 있는 동안 수제비는 집 밖에 앉아 겉잠을 잔다 새끼 제비 태
어날 때까지 밤마다 둥지 가까이서 기다려 주는 것이다 지지난해
우리 집에서 살다간 제비 두 마리 집 짓는 줄 몰랐을 때는 달리 보
였다 현관에서 짝과 함께 잘 때는 바람난 줄 알았고 짝 없이 잘 때
는 사랑에 금이 간 줄 알았다 제비는 집이 없을 때 다정히 같이 자
지만 막상 집이 있을 때는 따로 잔다 태어날 생명에 목숨 거는 제
비의 사랑법 놀랍기만 하다

영심이 꽃밭

영심이 홀로 숨을 거두자 싸늘한 바닥이 받아 주었다 장모님 댁에서 우리 집에 온 지 십몇 년 만이다 목줄 갈아 준 적 없는 순한 영심이, 이틀 동안 먹지 않고 땅을 파더니 숨을 거두고 말았다 볼 때마다 쓰다듬어 달라고 보채더니 다 싫다는 듯 꼼짝 않고 누워 있다 뒷산 기슭에 묻어 주고 싶에 와 삽을 놓자 울음을 터트리는 아내, 오래 산 거라며 눈물을 감춘다 며칠 뒤 영심이 집 주변을 정리하자 꽃밭 하나 생겼다 덩치에 걸맞은 작은 집과 먹을 것 담아 두던 통 깨끗이 닦아 같이 두었다 내년이면 새 꽃밭에서 코스모스가 대신 반겨 주며 꼬리 흔드는 모습까지 떠오르게 하겠지

권숙월

김천 출생, 1979년 『시문학』 등단, 한국문인협회 이사, 한국문인협회 경상북도지회장 등 역임. 김천문화원과 백수문학관에서 시창작 강의, 시집 『하늘 입』, 『가둔 말』, 『금빛 웃음』 등 15권 발간. 시문학상, 매계문학상, 한국시학상, 한국시원시문학상, 경북예술상, 경상북도문화상, 김천시문화상 등 수상. siinsw@hanmail.net

가로등 앞에서 외 2편

권순영

해 지는 저녁 길가
하얀 얼굴 하나둘
노릇하게
분칠하고 나서네

너는 고단한 퇴근길
지치고 힘든 발자국
환하게 지켜 주는 파수꾼

어느 시절,
어두운 골목길에 서 봤는가
바로 앞마저 보이지 않아
굽이굽이 헤맬 때

드문드문 불 비추던
고마운 이 여럿 있어

오늘 내가 여기 서 있네

국화꽃길

늦은 외로움 품고
줄지어 선 가을 향기

피어나는 수많은 사연
묵묵히 감추고
오고 가는 허전한 발걸음
쉬어 가라 손짓한다

꽃길 따라 취해 버린 한나절
물러난 옷자락엔
은은한 향내 한 아름
꽃 속에 서 있으면
나도 꽃이 되고

소슬바람 부는
가을 언덕에 서서
누군가에게 나도
환한 꽃길로 남고 싶다

야구장

드넓은 생의 운동장에서
홈까지 달리려 구슬땀만 믿었다

뒤돌아보면 과속 질주인가
넘어져 아픈 세월 보이지만

수많은 관중 바라보며
겁 없이 달려온 인생길

아주 가끔씩
만루 홈런 날리는
인생 역전 꿈꾸기도 했지만
분주히 달리는 사이
어느덧 9회 말

내 욕망의 전광판엔
삶은 무승부라고

권순영

한국대경문학 등단, 한국문인협회 회원, 강남문 인협회 이사, 성천문학상 수상, 한국강남문학상 수상. kanna54@daum.net

눈 깜짝 않고 외 2편

차가운 땅에 뿌리를 내린다
씨눈은 장소를 가리지 않는다

눈치도 보지 않는다
목숨이 다하는 순간까지
끓는 물에
뜨거운 불에 들어갈지라도

틈이 있다면 뿌리를 내릴 일이다
언제 누구 눈치 볼 일 있나
그들은 이쪽 눈치를 보기라도 해 주나

목숨은 하나뿐이라
인정사정 볼 거 없다

두툼한 황토밭이든
척박한 자갈밭이든
냉기 흐르는 냉장고 속이든

씨눈 하나 눈 깜짝 않고 내민다

사과 한 알 천적으로 숨어든다

냉기의 나라에

감자 한 알 눈치 보는 중이다

배웅

잎 낱낱이 붉은
맨드라미
찬바람에도 기개 붉다

제비 낮게 배회하고
어린 비둘기 가볍게 날며
작은 숲을 넘나든다

바람이
쓸쓸히 떠나가는 사람
옷자락 붙잡는데

십일월 물든 낙엽
꽃잎처럼 흩날린다

튀밥과 찔레꽃

신호등 앞
탁 소리에 고개 돌리니
후줄근한 사내 모자 쓰고
쫓는 시늉한다
뭐지?

다시 보니 여전히 쫓는 자세다
사내의 시선 따라가니
청빛 감도는 잿빛 비둘기
울타리 꼭대기에 앉아 있다

버티더니 날아간다
울타리 너머 작은 숲
흙바닥에 비둘기들
쪼아 먹느라 한창이다

찔레나무에 튀밥 꽃들이
환하게 피어 유혹 중이다

가시를 달고 보내는 눈길
더 달콤하고 강렬하다

권순자權順慈

1986년 『포항문학』 등단, 2003년 『심상』 등단,
시집 『천개의 눈물』, 『청춘 고래』, 『소년과 뱀과
소녀를』 외. 시선집 『애인이 기다리는 저녁』. 영
역시집 『Mother's Dawn』(『검은 늪』 영역). 수필
집 『사랑해요 고등어 씨』. 동서커피문학상, 시흥
문학상, 아르코문학상 수상, 태사문학 편집국장.
lake479@hanmail.net

아귀 맞추기 외 2편

권순해

인부들이 허물어진 담을 쌓고 있다
돌과 돌이 괄약근처럼 서로 물고
아귀를 맞춘다

몇십 년을 살고도 어긋나기만 하는 우린
천생연분은 아닌 듯싶었는데
척하면 착
요즘 들어 딱, 딱 아귀가 잘 맞는다

그러니까
아귀를 맞추는 것이란
알면서도 모르는 척
보고도 못 본 척
듣고도 못 들은 척

그동안 우리는 사사건건 부딪히기만 했는데
이제서야 겨우 말랑말랑해진다
길이 보이기 시작한다

바라바라

남편은 나를 바라바라라 부른다

어원이 불분명한 바라바라

음절과 음절 사이 녹아 있는 존경과 사랑 친숙함까지
이보다 더 좋은 이름이 어딨냐고 한다

자기 여보는 금기어
바라바라 몇십 년 듣다 보니
정이 들어 편하다

그래도 그렇지
상견례 자리에서의 바라바라에
남편의 허벅지를 꼬집기도 했는데

아버지의 아버지 할아버지의 할아버지 또 그 할아버지
대대로 내려오는 흔들리지 않는 뿌리 같아서

내 안에 깊게 새겨진 다정한 이름을 베고 누워
오랜만에 낮잠을 즐긴다

할머니의 설계도

이파리가 노릇한 살구나무 아래서
할머니가 뜬금없이 신맛 드시고 싶단다
살구는 다 갔어요

노을이 걸린 나뭇가지를
몇 번이고 올려다보시던 할머니
그럼 언제 와

난감하고 난감한 궁리 끝에
내일요
정말 내일 와
다짐을 받듯 목청을 높이며
손가락을 오므렸다 폈다 아이처럼 맑다

내일 온다고 했지

괜한 짓을 했나 싶어 걱정되기도 하는데
바람을 불러들인 나뭇가지를 한참
쳐다보시다가

덜거덕거리는 무릎 앞세우고

조용히 내일로 들어가신다

권순해

2017년 『포엠포엠』 등단, 시집 『가만히 먼저 젖
는 오후』. k-shea@hanmail.net

명자, 꽃 피우다 외 2편

권애숙

아득아득 터지신다

당기고 푸는 걸음

엇박자 변박자로

언 세상 녹이신다

이 정성 세상을 향한

그대 아니고 누구겠노

안녕, 하루

나무와 강물 사이
우레와 우박 사이

날개로
발바닥으로

구르다 퍼덕이다

젖은 맘 닦으며 가는
당신 뒤편이 찬란하다

봄, 로그인

어디를 건너 왔노 층층이 낯이 설다 눈 뜨는 손짓 발짓 딸꾹질 그다

엎드려 더듬는 동안
생겨나는 동서남북

권애숙

1994년 《부산일보》 신춘문예 당선, 시집 『당신 너머 모르는 이름들』 외 4권. 시조집 『첫눈이라 는 아해』. 동시집 『산타와 도둑』. 산문집 『고맙습 니다 나의 수많은 당신』. 김민부문학상 수상, 부 산작가회의 회원. ogi21@hanmail.net

모래알 1 외 2편

권영목

모래알 속에서
하늘과 바다가 보입니다

모래알 속에는
따슨 햇빛과
차가운 바람과
추억의 별과
아주 긴 시간 공간도
한 덩어리로 뭉쳐 있습니다

모래알 2

하세월 씻긴 알맹이
곱기도 하여라

따스히 배어 든 햇살
은근히 물든 달빛
살포시 스며든 별빛

마음도 오롯이 깃들어
빤짝빤짝 빛나는
알맹이 우주의 파편

모래알 3

모래알은
천국에서 태어나
천국에서 놀고 놀다
천국으로 가는 중

지구라는 비행기를 타고

권영목

1994년 「네가 있음으로 나를 알지만」으로 등
단, 한국시인협회, 한국문인협회, 국제pen한국
본부 회원, 은평문인협회 창립회원. ohwoongs@
hotmail.com

천계天界의 바다에 별이 되어 외 2편

권영민

천계天界의 바다에 별이 되어
우리가 만났다
여린 사랑은 금방 식어 갈지라도
다시 어두운 길을 걸으며
빛의 바다에 배를 띄워라
희망의 하늘에 노를 저어라
살아간다는 것은
산을 넘고 바다 건너 유유히 가는 것
험한 계곡 바위산을 만나도
돌아서지 않고 가는 것
한 송이 꽃을 피우기 위해
탐스러운 열매를 거두기 위해
아름다운 인생길 웃으며 걸어가자

그대 등 뒤에 빛나는 별

사랑의 미소를 그리워하는 사람아
꽃 피는 날의 꿈은
이루지 못한 눈물의 파도를 타고
아득히 먼 은하의 자리에 손을 흔들어도
절망을 지우고 슬픔을 지우고
다시 일어서서 달려가라
다시 일어서서 노래하라
주검보다 깊은
빙하의 숲에 이는 바람 다시 불어와도
깨어 일어나
밤하늘의 별을 바라보라
깊은 밤 어루만지며 깨어나는 별
그대 등 뒤에서 온기를 드리우고
불멸의 사랑과 희망과 부활을 송전한다

겨울에 내리는 비

겨울에 비가 내린다

비는 연일 메마른 들길을 적신다

눈이 내리는 계절에 비가 내리면

마음은 갈피를 잃고 헤매인다

지상을 적시는 빗물 속에

멀리 떠나간 그림자 소롯이 스며들고

잃어버린 정 지심을 파고든다

겨울에 내리는 비는

소리 없이 출렁이는 아픈 연모

안개처럼 쌓여 가는 뜻 모를 그리움

빈 가지에 차오르는 빗물은

떨어져 누운 낙엽 위에

푸른 날의 추억을 물들인다

권영민

1994년 『한겨레문학』 신인상 수상, 한국문협 전
북 익산순창지부 회원, 청문학동인회 회장, 시
집 『그리운 별 가슴에 데리고』 외 2권. sesiang@
hanmail.net

강강수월래强羌水越來 외 2편

권영시

낙동강 금호강이 얼싸 좋다 끌어안고
멈춰선 디아크*는 두물머리 나룻뱃가
윤슬은 달성습지로 나울나울 번지네

햇덩이 온종일 하늘 홍예 그리다가
달맞이 꽃 머리가 강물 위에 얼비춰
황혼꽃 은은한 정경 내 마음 사로잡는

한 폭의 수묵담채화 가야산을 넘으메
물줄기 야윌까만 강물이랑 홍건하구나
손잡고 놀아 보세나 낙동 금호 강강수월래

* 대구광역시 달성군 다사읍 죽곡리 낙동강과 금호강이 만나는 두물머리에 설
  립한 문화관 명칭. 디아크(The ARC)는 하늘, 지구와 문화에 대한 우아하
  고 기하학적인 접근과 강 문화의 모든 것을 담는 건축물과 예술품으로서의
  Architecture of River Culture 및 Artistry of River Culture를 의미
  한다.

아버지의 집

1
경기도 양평군 지평양조장은
대한민국 근대문화유산 등록문화재 제594호인데
유엔군으로 한국전쟁에 참전한
프랑스 육군 사령관 몽클라르 장군이
경기도 지평리 전투에 사령부로 삼았던 까닭이다

한국전쟁 당시 성곡천城谷川* 동쪽 제방 너머로
무협대巫峽臺*까지는 북한 괴뢰가 점령했고
성곡천 서쪽에 자리한 아버지의 집은 미군이 주둔했다

어릴 적 천장 서까래가 네모지게 잘린 까닭을 여쭙자
본채를 불태운 미군이 사랑채만 작전본부로 사용하면서
지붕 뚫어 망루를 세운 자리라며 아버지는 말씀하셨다

2
숨바꼭질하던 어린 시절
뒤란에는 총알이 담겨진 철모가 굴뚝 옆에 나뒹굴었고
담벼락에는 하얀 영문*이 적힌 국방색 철판이
말년의 초병처럼 느슨하게 기대어 있었다

새로 지은 본채 마당 한편에 무 저장 웅덩이를 파거나
수돗가에 허드렛물을 내다 버리다 보면
신라 천년의 유물처럼 지하에서 수군거리던
탄피와 군용물 쇠붙이가 녹슨 채 비죽이 올라왔는데

지평양조장은 문 앞에 오래된 수양버들이 증인이지만
아버지는 지금 영면 중이어서 말씀하시기 어려워도
마당 깊숙이 묻힌 증인들만 오롯이
아버지의 근대문화유산을 기억하고 있다.

* 성곡천城谷川: 낙동강과 반변천 사이 무협산巫峽山에서 발원한 하천으로서
  안동시 용상동 성황당 산마루에 축성된 토성이 서편에 자리하는데, 이 산성
  을 끼고 흘러 붙여진 명칭.
* 무협대巫峽臺: '안동부 동쪽 무협산 아래 선어연仙魚淵 위에 있다.' 선어연에
  돛단배 모습을 선어모범仙魚暮帆이라 하는데, 무협대 선어연은 안동팔경 제
  1경이다. 통상 선어대仙魚臺라 칭함.
* US ARMY로 여겨짐.

까치밥

무서리 내린
가을 하늘
무척 높고 맑은데도

감나무 정수리만
아직도
어둠이 만삭인가

저 하늘 높이서
달달한 홍등 하나
붉은 섬광 풀어낸다.

권영시

『시와 반시』 자매지 계간, 『생각과 느낌』 창간 참
여 및 기획편집위원, 2004년 『문학예술』 시 신
인상, 한국출판문화산업진흥원 우수콘텐츠도서
수상(2014·2020), 시집 『상리화裳梨花』. 수필집
『너덜겅의 푸른 땀방울』. 저서 『「보각국사비명」
따라 일연의 생애를 걷다』 외. 이육사 시맥 문학
상(2022), 제13회 대한민국 독도문예대전 운문 입상(2023), 제26회 대
구시조 전국공모전 입상(2023), 21세기생활문학인협회 3대 회장 역임,
대구문인협회와 달성문협 회원, 일일문학회 감사. kwonysi@hanmail.net

발의 존재 방식 외 1편

권영옥

가방은 진지하고, 문제가 생길 때 거부를 거부하지 않는다

깨진 가방 바퀴에 힘을 쏟느라고 몸통의 실핏줄이
툭툭 터진다
들키고 싶지 않은 상처 때문에 모르는 언어가
가슴에서 확확 올라온다
물개 소리 같고, 고래 울음 같기도 한
여행자의 질감은 발에 달려 있다
산토리니 언덕에서 염증 난 발이 콘크리트에 부딪혀
바다색이 노랗다
저울이 기울기를 자초할 때 왼발은 눕는다
작은 약국 앞에 서 있다
생각을 빼앗아 가는 약사가
살랑이는 여름 잎사귀를 발에 뿌려 준다
약효가 나기도 전
이미 발은 몸통을 받들고 선셋 크루즈 침상과
맞대어 있다
생이 강바닥을 치는 순간 안다
몽글한 이끼가 회복의 길로 안내한다는 것을,
발은 지구 반 바퀴도 돌지 않았는데
여행지를 되돌려 놓을 수는 없다는 표정을 짓는다

대지의 여신

씨방 속 씨앗이 바람 부는 쪽으로 싹을 보낸다는 말은
가능하죠
틈새에 씨가 빠지면 젖은 습성이 눈을 틔우게 하는 것이어서,
싹이 콘크리트에 받쳐 기절할 거예요
싹이 본 보도블록 속은 세상이 아니에요.
뾰족구두 신은 여인들의 세상이 얼마나 큰지
바람이 모자가 되어도 그 굽에 닿으면
압사하죠
그 틈에 싹을 올려 노을을 보고 싶다니요
가슴이 두근거려도
참으세요
봄에 가슴 문을 몇 겹씩 여닫는 수고야
모두가 하는 일이죠
다칠 운명은 형체 없는 화면 속 호랑이에게도
물릴 수 있는 일이긴 하지만
지금 답답하다고 다음 생도 답답하다 말하지 말아요
사방에 망원경을 두어 열린 문으로부터 멀리 달아나세요
당신의 입은 유홍초
확성기를 대면 싹은 알아듣고 전화선이 될 거예요
태양과도 교신하면서

봄한테 날씨 좀 빌려 달라고 해 주세요
소나기를 주어 틈새가 벌어질 수 있게
덩굴줄기에서 실뱀이 마구 쏟아지고, 노란 알은
낙법을 품은 채 지붕 위에 올라앉죠
심장이 고독하면 땅속으로 돌아가세요
가이아, 당신의 지혜는 어디가 끝인지 아무도 몰라요

권영옥

시인, 문학평론가, 아주대 대학원 국어국문과 졸
업(문학박사), 2003년 『시경』 작품 활동 시작,
2018년 『문학과 사람』 평론 연재 시작, 비평집
『한국 현대시와 타자 윤리 탐구』, 『구상 시의 타
자윤리 연구』. 평론집 『비시간성에 의한 그림자
시학』. 시집 『청빛 환상』, 『계란에 그린 삽화』,

『모르는 영역』. (전)상지대, 아주대 외래교수, 『두레문학』 편집위원,
《포스트24》시평 연재 중. 두레문학상 수상. dlagkwnd@hanmail.net

시를 쓰는 채석강 외 2편

예현 권영옥

파도는 끊임없이 들어와 바위에 눕는다
바닷물을 어르고
수십 년 푸른 멍 맑은 물에 씻겨 가더니
마른 몸이 굽어 반도가 되었다
은갈매기 보이지 않는 바다에 서서
차가운 바람에 야위어 가며
시상을 바람에게서 떼어 낸다
파도를 피해 시어를 쌓아 놓으면
철없는 바람은 어느새 부숴 버린다

시심은 깊은 가슴에서 물결이 일고
시인은 바다의 산물을 소재로 모은다
지평선 끝까지 모래알같이 써 내려가며
화강암 편마암으로 쓴 책이 쌓인다
돌을 깎는 고뇌로 시인의 얼굴이 빛난다
이태백도 달을 보다 죽었다는 물
민초들이 한 편의 시를 읽기 위해 인산인해다

산사의 까치

불국사가 있는 마을에 까치는
날개에 품었던 유물을 내려놓는다
나눔을 보시하기 위해 헌 집을 보수하는
스님의 손놀림이 예사롭지 않다
잠결에 무너지는 빗소리
바람 가르고 예불과 종소리 울리며
날마다 산을 깨운다

범종 소리 울리는 마을에 시계가 멈추고
스님은 신선한 공기를 맞이한다
나뭇가지 한 개씩 쌓아 이으고 엮어
수십 년 꿈이 세워지고
천년의 고찰은 아늑하고 고풍스럽다
까치는 감나무에서 청사초롱 미리 들고
깍깍깍 불경을 전한다

봄은 누구일까

그늘이 휘청 흔들릴 때 밖에서 부르는 소리
봄은 비워진 자리 채우며 보이지 않는 힘으로
존재감을 지켜 낸 것이다
겨울보다 먼저 일어나 색깔도 모습도 꼭 감추고
언제나 나타날까 하던 날 넘어지려 할 때 바람같이
공간 이동하면서 따스한 손을 건네주었다
꽃바람은 땅을 흔들어 눈 뜨게 하고 꽃길로 들어선
아지랑이가 사방에서 물방울을 날라 음향을 전달해 준다

그럴 때면 들녘의 작은 생명들은
옹기종기 모여 봄을 노래하며 발아했다

흔들어 놓은 들녘에서 꽃들이
푸릇푸릇 펼치고 바탕을 초록으로 쓰다가
멈춘 바람의 손은 나무들을 훈훈하게 어루만지며
줄기가 꽃을 피우는 법을 촉촉 물어 주었다
늦게나마 햇살 묻은 소슬바람은
쓸쓸한 날개로 꽃을 물어 열매를 낳았다
노을이 세월의 강을 거슬 즘 골바람 꽃잎 날리는 봄날

아 자유다

잘 익은 씨 하나 떼어 물고 푸른 하늘 높이 난다는

예현 권영옥

부여 출생, 1993년『포스트모던』신인상, 화암
문예 대상, 한국문인협회 회원, 한국여성문인회
간사, 은평문인협회 이사, 전 서울시 50＋ 시낭
송 동화구연 강사, 사회복지사, 시집『꽃물들다』,
『너를 사랑할 시간들』. 저서로『일기장에서 꺼낸
가족이야기』,『힐링 시낭송 배우기』, 동인지 다
수. thsev@naver.com

금오산 3 외 2편
– 올레길

시향 권영주

유월의 바람결 따라
나무 잎새들 은은히
고운 여인의 손길로
피아노 치고 있다

바람 불어와
내 맘 싣고
금오산 호숫가에 와
올래길 돌고 돌아
금오산 자락 부여잡고

향기에 취해
달빛 바람 맞으며
속삭인다

아스팔트가의 단풍나무들

고통을 껴안고 묵묵히 미소로 서 있는
마지막 가는 시월의 아스팔트 위에
질책이라도 하듯
활활 타오르는 나의 젊음도
이제는 갈 길을 잃어
여기저기 나뒹굴고 있소

머얼리서 울리는 기적 소리도
한 차례 깊은 바람도
정녕 아쉬움으로
뜨거움을 남기며
옷깃을 여미고 있소

나는 바람과 바람 사이를
헤집고 다니며
생명을 불어넣고 있소

불끈 솟아오른 빌딩 숲 사이로도
가을은 날갯짓하며
퍼덕이고 있소

생명은 찬란한 단풍빛으로
채색彩色되어 영겁永劫의 날들을
영롱한 진실로 맞아들이고 있소

그 어디메이뇨
황혼이 짙어 갈 즈음
마음을 비우고
비로소 가슴을 열며
황금빛 생명의 불 위를 걷는
신비의 여인이 되겠소

아픔을 딛고 피어나는
숙명의 꽃이기에
기다리고 기다리고
또 기다리겠소

다시 태어날 그 날들을…….

그리움 3

봄 햇살에 겨우내 움츠렸던 가슴
핑크빛 봄 꽃잎

피어나는 봄바람 눈썹
살랑대며 윙크하는 애교에

세월의 강江 흐르는 소리
흰 구름 떠가는 포근함에

산봉우리 마디마디
희망으로 가득 차올라

아름다운 그리움 자락
끝이 없구나

시향 권영주

한국문인연수원 교수 및 DPPI 대한언론인전문기
자협회 편집위원장, 문화예술인협회우수 회원,
시낭송가, (사)국제펜한국본부, (사)한국문협 문
학연구위원, (사)한국문예춘추 지도위원장, 문학
비평가협회 이사 외 다수. 1977년 한국문협 부산
지부 신인문학상(시), 1997년 『문예사조』(시, 수
필) 등단, 2016년 언론문학평론 등단. 1948년 노벨문학상수상자 T.S.엘
리엇134주년 기념 현대시문학 대상, 운동주기념문학 대상 외 다수 수
상, 시집 『송년의 노래』, 『사랑배』 외. k01045391337@daum.net

우보천리牛步千里 외 2편

권영춘

소가 걷는다
두 눈을 끔벅이며 솟아나는 눈물을 참고
아득한 고향 하늘을 향해 걷는다
두 뿔로는 하늘을 굳게 떠받들고
두 조각 단단한 발톱으로는 인고의 세월을 재며[尺]
온 몸으론 지축地軸을 굳게 밟는다

커다랗게 뜬 눈에 가끔은
서글픈 하늘이 비쳐 올지라도
퉁방울의 검은 눈을 지그시 감고 살아갈 팽팽한 시간을
심장의 깊은 곳에 새기며 걷는다

업고業苦의 죄로 씌운 고삐를 원망하지 않고
산고産苦보다 더한 뼈에 닿는 울음으로
쓰라린 삶을 되새김질하고 있다

긴 속눈썹으로는 지상의 떫은 시간들을 하나하나 쓸어낸다.
전설 깊은 콧구멍을 벌름거리며 가끔은
체념諦念을 핥고 있다
타고난 운명의 멍에를 벗어날 수가 없기에

기다란 꼬리를 여유롭게 흔들어대며
노동의 시간마저 즐거움으로 새긴다
그가 걷는다 멀고도 먼 그의
본향本鄕을 향해
저물어 가는 한 해의 세歲밑을 뒤로
지난날을 돌아보며 뚜벅뚜벅.

그 여인

억겁億劫의
인연으로나 잠깐 스쳤으리.

온몸에 드리워진
하루의 고단함을
늘어진 어깨 위에 지고
서둘러 집으로 돌아가는 길이었겠지.
일상의 허무함을 탈탈 떨쳐 버리고
오늘 하루만을 가슴팍으로 끌어안고서
참으로 달콤한 꿈을 꾸었겠지.

한 잔 술이 이토록 아련한 밤에
자정으로 가는 시간, 전철은 인천
종점을 향해 바쁜 걸음으로 노량진 철교를 건넌다.
푸석푸석한
머릿결에 핏기마저 말라 버렸지만 아직은 고운 얼굴인데
온몸에서 넋이 빠져나간 모습을 하고
혼곤히 잠에 취했나 보다.

긴긴 하루는 피곤으로 절정을 향하고

조신操身과 민망憫憫을
막차의 밑바닥에 내려놓고
순간을 어깨에 기댄
낯모르는 곱디고운 얼굴 하나를
저린 마음으로
살며시 떼어 놓는다.

도시의 화려한 불빛에 가려진 가녀린 여인
짧은 이 밤
작은 치마폭 하나로 온 식구를 감싸 안은 채

내일 아침은 또 다른 세상에서
그녀만의 태양은 눈을 뜨리.

생각 너머의 언덕에 서서

밀려오고 밀려가는 시간들 속에서
그들에게 삶의 마지막은
이별하는 산이 되어 누워 하늘을 보았다

처음부터 이별을 꿈꾸지는 않았다
눈을 뜨면 사랑의 손길이 스쳐갔고
주인의 애정이 새록새록 묻어났다

어쩌랴.
세월이 가는 한 하늘의 길모퉁이에서 눈길이 멀어지고
사랑이 식어 가는
오늘이 와
청소 트럭에 실려 올드 랭 사인을 들으면서
이곳 하늘 아래
동료들과 함께 생을 마감했다

하늘공원에 갈대바람이 분다

무심히
서걱이는 갈대꽃들의 소리들이

가을바람과 함께 한강을 건넌다

권영춘

현대시조 시조 등단, 스토리문학 시, 수필 등단.
시조집 『세상사는 이야기』, 시집 『흐르는 세월 그
속에서』, 『달빛이 만든 길을 걸으며』, 『커피를 마
시며』. 한국시조시협 야외백일장 장원, 관악문학
상 수상, 스토리문학상 대상 수상, 한국문협 시분
과, 국제펜 한국본부 회원, 서울대 대학원 어학
계열 졸업, 대학 한문 강사, 중등학교 교장 정년, 사서 강사 10년, 관악
문학 자문위원, 문학공원, 한국가톨릭 문협 회원. kyc12357@daum.net

허수아비 사랑 외 2편

외 2편

권영호(안동)

어느 한 모습도 낯설지 않은데
몰라보게 달라진 얼굴
자신이 긍정했던 의지가
행위가 되기엔
그렇게 고통이었나요

텅 빈 가슴
서럽지 않아야 하는데
울 수 없어 웃음을 흘리는
얽히고설킨 이야기

속절없이 세월이 가면
다시 사랑할
그 무엇이 여기에
얼마나 남아 있을까
공허한 영혼이
또 어깨를 움츠린다.

산수유꽃 피는 마을

아늑한 산골
샛노란 꽃구름이 내려앉아
아들 녀석 눈 밝혀 준 꽃길 이십 리
보릿고개 서럽던 숲실이
이젠 고급 승용차로 즐비하다.

봄이 오는 언덕배기에
삼백 년 묵은 고목이
어쩜 저리 곱다란 꽃을 피웠는가
노오란 탄생의 꽃 대궐
산수유 야들한 색깔이
마늘밭 푸르름과 어우러진
고향 같은 예쁜 마을

여인네는 벌써
진달래 산천에서
봄을 캐는 누이가 되어
붉은 잉태를 기다리며
산수유 노란 꽃무늬를
마음속에 가만가만 새기고 있다.

체화정棣華亭에서

좋은 땅 고운 인연
삼신 선산 청정 햇살
가슴에 안고
다시 나고픈 사람아

생각과 생각이 어우러진
닮음의 마음

손잡을 수 없어도
한세상 함께했으니
가슴에 쟁쟁
울려 나는 진한 소리를
다시 들을 수 있을까

심장엔 여전히
배롱나무 붉디붉으니
대를 이어 가는
어짊과 공경
조심조심 그대로다

어찌 아름답지 않은가
하늘도 아껴 둔
형제애의 그리운 이름

권영호(안동)

1996년 월간 『한국시』 등단, 한국문인협회 안동
지부장 역임, 한국현대문학작가연대 중앙위원,
한국공무원문학협회 이사, 황조근정훈장 수상,
한국공무원문학상 수상, 동인 문집 『한강의 설
화』 외 다수. kyh1396@hanmail.net

접시꽃이 피는 집

권영희

바람 불면 부는 대로 등 내어준 산자락
이하역 건너에는 빈집 하나 서 있다
내 친구 순이가 살던 싸리울 기와집

숨어든 명지바람 제풀에 쿨럭이면
작은 방 유리창이 어둠 아래 가라앉는
마당가 풀벌레 소리 끊일 듯 가는 집

늦도록 혼자 살던 할머니도 먼 길 가고
지금은 어디 사나 물어볼 길 없는데
소문만 무성하게 물고 접시꽃이 피었다

권영희

2007년 『유심』 등단, 시집 『오독의 시간』 외.
sunsonnet@naver.com

그대 그리운 날 외 2편

권오견

그대 그리운 날
생각의 끝에 서 있어도

뿌리 한 줄기 내게로
건네 오고 있습니다

허락하신다면
향일성 나뭇가지로 접목되겠습니다

완벽주의의 상징으로 다져진
내 모서리는 무너져 내리고

떠나간 파문이 돌아와
향기로 퍼져 오릅니다

그대 그리운 날
젖으면서 쌓입니다 한 알의 과일처럼

어머니의 의자

우리 집 앞뜰
당신의 목재 의자 하나 놓여 있다

오랜 세월 함께하다 보니
당신의 휘어진 등허리에
우주의 중심이 내리고 있다

수없는 풍운이 출렁거려도
당신의 마음으로 살고 있는 의자
한 번도 삐끗하지 않았다

세상길 사방으로 열어 놓았으니
지나가던 보름달
빈 의자 위에 앉아 쉬고 있다

뼈대 환하게 드러난 의자
천년의 맥박이 뛰고 있다

매미

고요한 산동네
먼동이 트기 무섭게
일제히 터지는 매미의 울음
지구의 한 자락을 흔들고 있다

내 이 나이 들도록 살아오면서
저토록 절절한 사연
가슴 밑바닥에서 솟아오른 적 있었을까

구애求愛의 큰일을 마치고
이 풍진 세상을 벗어던지면서
윤회輪廻*의 길로 접어드는가

영혼을 먼저 떠나보낸 빈 몸 껍데기
키 큰 참나무 아래 떨어져 있다

서늘한 녹음에 싸인 채
짧은 생애의 흔적
투명하고 정갈하다

* 중생이 번뇌와 업에 의하여 삼계 육도의 생사 세계를 그치지 아니하고 돌고
  도는 일.

권오견

일본 시가캔 출생(본적 : 경북 의성), 1972년 연
작시「고행」을 발표하며 시 창작 활동 시작, 문학
공간작가회 회장, 한국문인협회, 국제펜클럽한국
본부, 한국수필가협회, 한국불교문인협회, 중앙
대문인회, 한국시인연대 회원. 옥조근정훈장, 문
학공간상 본상, 허균문화상 본상. 시집『깊은 밤

영혼의 등불을 켜고』,『그리움이 쌓이는 세상』,『세상은 아름답다』(한
국어, 일본어),『절정의 순간』,『생전에 한 번쯤』,『어머니』,『여울목장
승 촛불』,『그대의 서시』. 수필집『사소한 것들도 다 아름답다』,『머물
고 싶은 곳』(한국어, 일본어). cham1998@naver.com

마라톤 외 1편

권오운

장거리 마라톤 길 외롭게 홀로 뛴다
지름길 요행수는 애당초 없는 거다
누구나
실력과 믿음
자신과의 싸움이다

결승점 다다르면 있는 힘 다 쏟으며
신기록 세우려고 치열한 경쟁이다
일등과
후순위 거리
근소 시간 차이다

공정한 운동 경기 인내의 스포츠로
많은 땀 고된 훈련 시간이 말한다
저마다
정직한 땀은
인생행로 발판이다

희수 喜壽

소백산 밑 촌뜨기가 배움 찾아 서울 와서
공직의 이곳저곳 굵은 힘줄 보낸 세월
둥지는
틀었지만은
밥 한 그릇 수저뿐

인생길 백세시대 희수에 걸터앉아
높은 산 오솔길은 안개로 흐릿하다
나이테
제값 하려나
손 내미는 고목화

삶의 전쟁 파인 주름 훈장이 여기저기
자식 꽃 열매 익는 가을 하늘 작은 별들
감사는
사랑을 싣고
기쁜 노래 울린다

海史 권오운

2019년 『월간문학』 「악수」로 신인문학상 수상, 시조시인 등단, 체코 브르노콘서바토리 명예철학 박사, 건국대학교 대학원에서 행정학 석사, 국가 공무원 부이사관 퇴임, 안동권씨대종회 부회장, 홍조근정훈장 수훈. kwon_o_un@hanmail.net

기다림 외 2편

권오휘

아내는 호명에 나무를 한 그루 심자고 한다

아내 친구가 라일락 한 그루 주었다
땅을 깊이 파고 물을 주고 뿌리가 잘 내리도록
흙길을 열어 주고 흙을 덮는다

나무를 심었다고 해서
금세 나뭇잎이 무성하게 자라
그늘 아래에 쉴 수도
바람에 라일락 향을 맡을 수도 없다
적당한 기다림이 필요하다

인고의 시간 지나
무성한 잎이 드리우면
라일락의 은은한 향기가
잎 사이 바람에 날린다

오늘은 내 기다림이 완성되었다

목구랑

시간이 되면 어김없이 기차는 지나간다

감자를 캐다가 허리 펴고 본 차 안의 사람
나도 저녁 기차를 타고 겨울바다에 가고 싶었다

노을을 가르고 지나온 기차가 나를 두고 지나간다
마음으로 늘 떠나고 싶다고 했지만
한 번도 떠나지 못하고 지금도 목구랑에서 바다를 그린다

눈 내리는 날 이른 시간에 기차를 타고 떠나고 싶다
그 옛날 기차 안의 손을 흔들어 준 알지 못한 사람
사는 게 지겹거나 우울할 때
그 시절 기차를 타고 떠나고 싶다

어둑하게 내려앉는 노을 가장자리
바람이 불 때마다
멀리 기적 소리 울리며 달리던 기차
밀짚모자 눌러 쓰고 밭고랑 만들며
흐르는 땀을 닦으시던 아버지가 그립다

겨울을 나다

간혹
바람에 날아가다
대추나무에 걸린 비닐을 보며
호명 흙집에서 겨울을 나고 싶다

작은 동산에
잘 자리하고 있는 소나무 아래
겨울눈을 맞고
새 발자국을 따라 동산을 걸으며
호명 흙집에서 겨울을 나고 싶다

왼쪽으로는 반듯하게 포장된 도로
오른쪽 끝자락은 여전히 남아 있는
옛날의 그 골목길
등이 휜 것같이 굽은 길을 통해
번뇌의 질량을 느끼며
겨울을 나고 싶다

흙집에 군불을 지피며
오래된 책을 정리하다

문득 책의 출처가 궁금해진다
어떤 책은 참 멀리에서 인연되어 왔고
어떤 책은 누군가의 무심함에 기억에도 없는데
나름의 사연을 들고 온 책들을 보며
벽에 금이 가 옆구리가 자꾸 패여
기침하는 흙집에서

겨울을 나고 싶다

권오휘

문학박사, 2003년 『문예사조』 등단, 2014년 『문학세계』 평론 등단, 제34회 경상북도 문학상 수상, 한국문인협회 문인권익옹호위원, (사)한국문협 경상북도지회 지회장, 한국낭독회 회장, 예천낭독회장, 풍류와 멋 《예천》 발행인, 예천내성  천문예현상공모전 발행인, 경상북도 문예현상공모전 발행인, 대창고등학교 교감, 동인 시집 『오랜만에 푸른 도회의 하늘』, 시집 『추억은 그 안에서 그립다』, 저서 『훈민정음 제자 원리와 역리』. kwon217@hanmail.net

눈 오는 날 외 1편

권은영

구름 사이로
눈이 내린다
나뭇가지 틈새로
눈이 내린다
세상의 여백餘白 위에
눈이 내린다

눈이 내리는 날
영혼의 여백餘白 위에
사랑을 심으면
그리움은
청보리로 자라고
그대 곁으로 가는 길을
살며시 열어 준다

코스모스

하현달 어둑한 골목길에
가는 목 곧추세워
온몸 흔들어
외로움 달랜다

아지랑이 봄비 모두 외면하고
차가운 가을바람
삭막함 속에
꽃잎 터뜨리는 것은
내일을 향한 간절함 때문이다

절절한 기다림으로
등불 들고
대문 앞에 서서
밤 지새듯

밤은 새벽을 품고
가을 단풍 겨울 삭풍은
봄의 전령이려니

깨어 있으라
깨어 있으라
온몸을 흔든다

권은영

이화여대 국어국문과 졸업, 2015년 월간 『창조문
예』 시로 등단, 시집 『길 위에서』 외 다수, 『창조
문예』 문예상 수상, 한국문협 회원, 한국기독교
문인협회 이사, 이대동창문인회 회원, 창조문예
문인회 회장. kwongrace42@hanmail.net

소록도 외 2편

미래 권정애

물새 산새 구슬픈 울음소리
큰 나무에 영혼을 매달고
사랑하는 자녀들을 그리워하는
어미의 애달픈 몸부림이다

부서진 몸뚱이에
삽자루 괭이자루 쥐게 한
인간의 탈을 쓴 그들
후손마저 단절시킨 세월

소중한 목숨 포기한 게
몇 번이었든가
지옥 같은 삶을 사랑으로
버텨 온 여인들의 헌신

새 삶을 쓰다듬는
녹동항의 잔잔한 파도 소리
작은 사슴 눈망울 속에
깃든 소록도

족두리봉

싱그러운 풀 향에 젖어
한 걸음 한 걸음 나가는 길
차마고도 좁은 바위길
헛발 디딜까 조심조심

흙 한 점 없는 암릉인
족두리봉
숨이 차게 오르니
천지가 다 내 것이다

등산도 식후경
꿀맛이구나
배고픈 고양이도
식구가 되다

발가락까지 힘을 주고
내려오는 거북이
내리막 오르막
한바탕 인생사 같다

부처꽃

일구월심 가냘픈 몸매에
눈물이 맺혔구나
누구를 위해서

마디마디 스며든 꽃
아름다운 너의 모습
발걸음은 멈추고

합장한 너는 고달픈
인생길 동무인 듯
잠시 쉬어 가라고

두 손을 모은다
나보다 먼저 가지 않기를
간절한 마음으로

미래 권정애

월간 『시사문단』 시로 등단. 월간시사문단 작가.
한국문인협회 회원, 빈 여백 동인회원, 금천문학
회 회원, 한국창작 문학회 회원, 태사문학회 회
원. elin427@daum.net

십자가나무 외 2편

권천학

로얄욕 큰길가에 날마다 마주치며
아팠던 그 어깨를 아프게 추스린다
바람은 그 바람 아니어도 흐르는 땀 씻는다

그 자리 그 길목에 죽어도 살아 있어
골고다 그 언덕길 오늘도 생생하다
구름은 그 구름 아니어도 무거운 짐 맡든다

어느 날 십자가로 보였던 그 나무가
굳어진 호두알을 톡톡톡 깨트린다
하늘에 푸른 그림으로 마음속에 펼친다

'사람 되기'가 먼저

'사람이 먼저다'란 그 말이 함정이다
눈가림 아웅 하고 던지는 당의정을
덜커덕 받아먹으면 배탈 나기 일쑤다

겉발림 속임수에 홀라당 넘어가고
잔꾀에 발이 걸려 뒤집힌 그 자리에
피는 꽃 가짜 꽃이다 속아서는 안 된다

사람이 먼저 되자 그 말이 진정이다
제 할 일 하고나야 사는 맛 제대로지
본모습 본마음만이 사람다운 값진 삶

글 그릇 글 거울

글쓰기 그릇보다 든든한 그릇 없고
글쓰기 거울보다 투명한 거울 없다
나만큼 나를 아는 이 나 한 사람뿐이다.

글쓰기 앞서 할 일 흰 종이 준비하고
글쓰기 한발 앞서 흰 마음 닦아 낼 일
인생을 풀어낸 연못 황금잉어 노닌다

권천학

한국일보(캐나다) 고정 칼럼니스트, 미국 '시의
달'(22년 4월)의 문학축전과, 맨체스터대학의
온라인대회(22년 2월)에 시집 『Love is Pain of
Feverish Flower, 사랑은 꽃몸살』이 각각 1위 랭킹,
『WIN(Writers International Network』 수상, 캐나
다 포트무디(Port Moody)시의 '이달의 문화예술
인'으로 선정(16년 7월). 현재 토론토 'K-문화사랑방' 대표. cheonhak.
kwon@gmail.com, impoet@hanmail.net

비가 개인 밤 외 2편

권철

난 기다려요 그녀가 올 때까지
봄비를 타고 오는 혼령
난 그 심장 박동 소리가 귀와 가슴을 울리는 것을
언제든 느끼거덜랑요
오늘 봄비가 내렸어요
약간의 고통은 즐거움이 되는 저녁
활발히 글을 써요
다 낳았어요
회복되는 즐거움
봄비가 그랬어요
아주 시원하게 비가 그친 뒤 맑은 봄기운이 주위에 펼쳐져요
이 세상 그 누구보다 아름다운 그녀를 사랑해요
봄비는 영롱한 방울을 아름다운 공원의 철쭉에 뿌렸겠죠
내일은 산에 가요
산에서 대지의 숨소리를 느껴야겠어요
아내와 약속했죠
요번 목요일에는 산에 가자고요
그래요 맑은 공기 마시고 운동하고 와야겠어요
어둠이 밀려온 밤
주위는 칠흑같이 까만 밤

나는 이내 잠을 기다리면서 아쉽게 저녁 하루를 보내요

그렇게 파도같이 밀려오는 그 밤에 나는 비로소 잠을 잔다오

어머님의 눈물

어머님께서 마루를
걸레질하시다가 우시는 것 같아
나는 철모르고
어머님께 왜 우시냐고 여쭈었다
눈에 먼지가 들어가서
우신다고 하셨다
군대에 가신 형님이 보고파서
이런 더위에
훈련을 받는다고 생각하니
눈물이 나셨나 보다
대한민국 국민이라면
자식을 군軍에 보내는 어머니는
다 느끼는 모정이다

보들레르의 축복

시작을 꿈꾸는 그대 보들레르마냥 축복해 주고 싶구나. 음울의 경지에 그의 시가 있으니 다들 동감하리라. 두 눈이 감기고 만성 피로를 느끼며 커피에다 위스키를 한 방울 놓아 마시며 음울의 경지에 오르면 시인마냥, 북도 탬버린도 음악도 없는 영구차가 느릿느릿하게 내 자신을 죽음으로 내몬다. 잠들지 못하고 아마 보들레르의 경지로 가는 것 같구나, 눈두덩이가 열나고 몸살로 더 이상 눈을 감을 수도 없고, 권태에 휩싸여 고독하게 고귀한 경지로 이르는 것이 한 시야에서 끝이 나는구나. 거기서 음울이 탄생하는도다. 권태와 나락 속에 눈만 뜬 채로 가끔씩 느끼는구나 아! 초여름 과일마냥, 싱싱하지도 않고, 어느덧 감지해 온 정신이 맑지도 않은 상태에서 열병을 앓는 것처럼, 이명이 들리고 눈을 감고 피로하여 권태와 나락을 물리치려 창문을 열면, 겨울비가 내리는 상태에서 여름에도 구름이 꽉 찬 오후에도 이런 기분을 느끼나니 용서해 주게나.

아폴리네에르의 작품 '시'*와 같은 증세를 느끼게 하여서 쓰는구나.

* 시

아폴리네에르

그는 들어왔다
그는 앉았다
그는 빨간 털이 난 이 열병을 쳐다보지 않는다
성냥은 불붙었고
그는 떠났다

권철

1996년『문학세계』시 등단, 2011년『청옥』수필
등단, 시집『밖을 보면서』,『거울속의 나』,『가을
들국화』. 부산 영호남문인협회 부회장, 부산 시
인협회회원, 부산 문인협회회원, 부산불교문인협
회 이사, 한국문인협회 회원, 늘창문인협회 회원,
실상문학상 작가상 수상, 영호남 작품상, 부산진
구 구민예술제 운문부 최우수상 수상. ne7653@hanmail.net

엄마에게 외 2편

권철구

눈꽃 포근히 뺨 감싸면 온기가 마음
따뜻하게 꽃 피웁니다

벌새는 그리움 향해 부지런히 날갯짓
지나간 시간 조각 하나씩 하늘에 붓으로
주름진 엄마 얼굴 그립니다

엄마에게서 그리운 젖내가 지친 마음 감쌉니다
늙은 심신 시린 계곡물에 씻습니다
봄 올 즈음 개나리 참꽃 외롭게 핀
엄마 머문 외론 밤나무 찾아가렵니다

보고 싶어요

허물 덮게

얼굴의 허물 덮기 위해
많은 시간과 노력 그리고 금전 투자
마다하지 않듯
세상 하얀 백색으로 도배하듯 덮어 주는 백설

요철로 올록볼록하게
어려운 시간 나그네 길을 걷는
허물 가득한 미물을 덮으소서
깨끗하게 씻어 새롭게 태어나게 하소서

추운 겨울 사나운 바람 언덕에 서서
다시 봄을 꿈꾸게 하소서
서리 촘촘히 내려 살가죽 얼어붙은
동토 아래 새파랗게 날 세운 새싹의
와신상담 기억케 하소서

감기

지나간 감기
토라진 연인처럼 뜨거운 재채기
요란스레 찾아왔다

미운 그대 멀리 두고 보고픈데
창 두들기는 바람이 개구지게 달겨든다

권철구

경북 경주 태생. 월간 『한맥문학』, 『한울문학』
시부분 신인상 등단. 시집 『누름』 외. 한국문인
협회 및 한국문협 당진지부, 당진시인 협회 회
원, 동국대 경제학과 및 인천대 행정대학원 석
사 과정 수료, 서강대 경영대학원 MIS 과정 수료.
chgkwon@hanmail.net

저울 외 2편

세상은 거짓 이름으로 포장돼 있을 뿐
지상에 내팽개쳐진 모든 것들은 공평하지 않다
그래서 신의 판단은 더욱 믿을 수 없다
긴장하라! 더욱 긴장하라 저울들이여

너희들 지능을 신보다 높은 반열에 올려놓아야 하느니
지금은
공허한 소음만 허공에서 지상을 짓누르고
침묵은 깃털처럼 가벼운 존재가 되었다
드디어
욕망의 무게를 쪼개서 팔아야 할
거룩하고 찬란한 시대가 도래하였다
발전하라 저울들이여
신들의 영역을 침범하여
그들을 지배하여라
바람처럼 가벼운 사랑의 무게를
쪼개어 측정하여라

방종

꽃무늬 정갈스런 빈 찻잔마다
음습한 뇌수가 그득 채워지는 어느 오후에
천년 징역에서 돌아온
나른한 자유들이
그 찻집에서 웅성거렸다

어느 빈 잔에는 낮은 음정들이 쏟아졌고
화려한 옷을 입은 높은 음정들은
짜릿한 음모들과 함께 승천하였다

나는 그들이 피운 아늑한 담배 연기 속으로
침잠해 들어갔다
그들은,
나 또한 언제나 그랬듯이
생의 마지막 날들을 조금씩 남겨 둔 채
또 한 번의 천년 유배지를 찾기 위하여
깊은 찻잔 속 자유들을 모두 마셔 버렸다.

푸줏간

저것 봐!
정교하게 해체되어
신의 저울로 무게를 달아 놓은
그래서
자유가 된 저 붉은 살점들
처절하게 찢겨진 저 자유들

아마도
절대자의 자비가 있었음에
사악한 정령들의
고귀한 영혼의 양식으로 쓰일 게야
머지않아
우리들 영혼도 도살되어
정육점 진열장에 빼곡히 쌓여져
비싸게 팔릴 게야

권필원

『태사문학』 발행인, 재경 남원문인협회 부회장, 한국문인협회 금천지부 회장, 한국창작문학 회장 역임, 한국문인협회 회원, 『문학 에스프리』, 『문예사조』 등단, 작품 『혼돈』, 『이 시대의 번뇌를 넘어서』 공저 외 다수. kpillwon@naver.com

망원경 외 2편

권혁모

이승을 다 지우고 떠나는 날 언제일까
어기영차 불귀불귀 푸른 비가 내리면
망원경 뒷주머니에 숨겨 가면 안 될까

소백산 천문대에서 행성을 보았듯이
천상에서 비박하며 그리우면 어쩌지
감청색 지구 꽃시계가 보름달로 뜨겠지

이제 '제임스 웹'*이 우주 탄생을 찾는데
그까짓 살던 옛집 어딘들 못 찾으랴
첫눈이 수놓은 강변 자작나무 숲길도

곁에 살면 좋겠네 먼저 떠나신 그대
망원경 꺼내 들고 설명할 수 있다면
아득히 지상의 날을 함께 볼 수 있다면

* 허블 우주망원경의 뒤를 이어 우주 탄생의 비밀을 밝힐 다국적 우주망원경.

감자꽃

고래의 꿈
– 반구대 암각화

꿈꾸던 화첩을 펼쳐 그리움을 새겼다
거친 숨결 청동기도 쪽빛 물결에 실어 와
대곡리 물가에 두고 수평선으로 떠났다

헤라의 젖줄이 된 미리내 신화를 건너
살아 숨쉬는 나스카*를 여기서 본뜬다면
우리들 머문 자리도 알 수 없는 꽃 그림

그때 그 사람들 모여 우우우 춤을 추며
큰 바다 혹등고래 떼 도깨비로 납시었던
수만 년 푸른 곡옥이 횃불 들고 올라온다

* 페루 남부의 평원에 그려진 거대한 동물과 기하학적 형태의 그림들.

점자 시집

옆구리 끼어도 좋을 잃어버린 점자 시집

물푸레나무 반짝이다 하늘로 납시었나

창밖은 별들의 장날 읽어 보라 하신다

새싹이던 덧니 너도 한 권의 시집인 걸

이제는 무딘 손끝 지문 다 지워지고

허공에 낚시를 던져 자모음字母音을 낚는다

권혁모

안동 출생, 동아일보 신춘문예 당선(84년), 중앙
시조대상 신인상. 한국시조시인협회 본상, 한국
꽃문학상 특별상, 월간문학상, 영축문학상, 한국
문인협회 공로상, 시집『첫눈』외 2권. 한국문인
협회 안동지부장 역임, (사)한국문인협회 이사,
〈오늘〉동인. poem000@hanmail.net

눈과 바람 사이 외 2편

권혁찬

무념의 하얀 눈 사이로
바람이 비켜 지나간다
눈발이 상할까
바람이 그러질까
조심스레 거친 숨처럼
온기마저 비켜 지나는
한겨울 속
사람들의 열기조차
적막을 비켜 지나듯
굵게 내려오는 눈송이를
안아 내리며
한겨울 긴 생각들만
눈과 바람 사이를
내통하고 있네

소주 반병

뒷짐 쥐어 든
소주 반병 무게보다
지나온 인생의 중량이
가벼운 저 노인아!
남은 무게 어디 있더냐!

던지는 걸음에 몸을 얹어
허리조차 어설픈 일상이여
석양마저 화려한 오후
술 익는 순간마다
숨비 소리처럼
바람이 샌다

노인이라니
나인 줄 새삼 안 듯
헛기침으로 외면한
가을 들판 정애비 닮은
남정네의 굵은 뼈는
내가 잡던
아버지 팔뚝이네

안마의자

시간을 주무르듯
살며시 안아 조르기 시작하면
어깨부터 등허리 발끝까지
거친 소리들을 잠재워 나간다
지난날 빼곳했던
시공의 어긋남이
비로소 녹아 융해된다
손가락 마디 하나하나마다 서려 있던
서툴고 어눌했던 명상들의 실타래가
사르르 내려앉은 솜털 같은 낮잠 속으로
오물락 쪼물락 스며들며 사라진다
세상의 일기가
안마의자 속 온유함으로
훈훈해지기를 잠꼬대하고 있다

권혁찬

2010년 『현대시학』 등단. 한국문인협회 회원. 평택문인협회장. 계간 『시산맥』 운영위원, 현대시학회 회원. 경기도문학상, 경기문학 공로상, 평택예총 문학공로상, 제3회 제부도 바다시인학교 백일장 장원. 평택 《시사신문》, 《평안신문》 칼럼 연재. 시집 『바람의 길』, 동인시집 『텃밭일기』.
ds2gvh@hanmail.net

바람은 그대를 보내고 외 2편

권희경

바람이
그대를 보내려 합니다

회오리가 된
아픔에 한숨도 못 자고
뜬 눈으로 보내려 하네요

눈은 따갑고
시려 볼 수가 없어요

조각이 나서 비어 버린
그대를
이대로 보내려 합니다

하얗게 내리는 눈발
그대를 배웅하러
잰걸음으로 달려갑니다

청산은

파란 순정을 두고
아우라지 무리 속에
한껏 쏟아 내는 별 무리

노오란 태양의 꽃이
해를 따라 돌듯 자전 위에 발을 두고
떨어지지 않으려 한다

작은 역사 속으로 구을러 간
어울렁 아우라지
골골이 물려 간 절간 같은 고요는

절세미인 고은 옥수로 닦아 내니
정갈하게 흘러내리는 소리 타고
이 산 저 산에 가슴이 아려

청산에 달빛 재워
귓가로 잦아 들으니
촉촉한 이슬로 사라지려 하네

빈 들녘

빈 들녘에 바람 소요러운데
서향의 붉어진
노을 한 자락
바람 따라 이리저리 날고

잔발로 달려온 왕게발
이루지 못한 연민의 사랑
파도 그림자
그늘 따라 기억으로 재우고

살포시 귀를 기우리니
은하수 총총한데
한 움큼 베어 문 달빛에
가슴이 아려 온다

권희경

2012년『국보문학』등단, 호음문학 사무국장, 한
국문학문인협회 정회원, 한국문학신문 최우수상,
우주문학상 대상 등. gmlrud60@daum.net

동시 · 동시조

닭 1 외 2편
– 닭대가리

권순갑

사람들은
머리가 나쁘면 닭대가리
그렇게
부르는 이유를 모르겠어요.
머리가
나빠서 빗대
말하는 것 같아요.

닭 2
– 기억력

물 한 모금 먹고 고개 한 번 쳐들고
또 먹고 또 들고 계속해서 왜 그러나요
먹어도 기억 못 해서 그러는 거 같구나.

해가 뜨는 시간이면 정확히 아침을
알리며 울어대는 영리한 가축인데
기억력 없다는 것은 너무도 이상해요.

꼬끼오 알 낳았다고 신호를 보내며
선물을 안겨 주니 얼마나 영리해요.
엄마 딸 닭 닮은 거야 엄마를 닮은 거야.

닭 3
– 횃대

닭은 높은 횃대에
올라가서 왜 자나요.

날짐승에게 해코지
당할까 그런단다.

그렇게
똑똑한 닭들
놀려서는 안 되지요.

권순갑(靑波)

충북 음성 출생, 『문예한국』시, 『문학저널』시
조, 『한국아동문학』동시 등단, 예총예술문화
상, 충북문학상, 충북시조시인상 수상, 한국문
인협회인성교육개발위원 26~27대(현), 한국
아동문학회 이사(현), 시집 『나무로 살고 꽃으
로 피어』, 『산모롱이 저 편』. 시조집 『몽올』, 『꽃
들의 불륜』, 『흐를수록 깊어지는 강물』. 동시집 『그림자는 내 짝꿍』.
soon9233@hanmail.net

아른대는 물꽃 외 2편

권희표

이슬이 내린 아침
운동장 잔디에는
이파리마다 물방울을 안았다

햇살은
방울방울 물방울마다에
색깔을 주어 물꽃을 피워 준다

빨강 파란 분홍 하얀색으로
반짝반짝 빛나는
하모니 물꽃이 아른댄다

아른거리는 물꽃을 보노라면
내 그림자는
내 뒤에서 조연을 한다

마술하는 해

옅은 안개구름 낀 아침
안개구름 사이로 언뜻언뜻 햇살이
교실 창유리에 겹친 해로 보인다

내 움직여 갸웃대는 고갯짓에
하나 해가 두 개 세 개 해로
세 개 해가 두 개 하나 해로 보인다

여러 창유리에
수금지화목토천해명
태양계 행성으로 마술처럼 보여 주는 해

아! 어떻게 햇살이 마술을 하나?
햇살이 창유리에 굴절되어
그리 보여 주는 거란다

상쾌한 꽃

뒷동산 오솔길 따라
걷기 운동을 하고 왔다

할아버지랑 함께 다녀온
등산용 두 스틱에는

상수리 떡갈나무 잎이
풍성하게 꽃으로 피었다

할아버지 가슴에는
상쾌한 꽃으로 가득하단다

권희표

「문예사조」 시·동시 신인상, 대한민국 장애인문
학상 우수상(동화), 순리문학상, 광주·전남아동
문학인상, 한국아동문학 창작상, 동아꿈나무문학
상 은상(동화), 시집 『농부의 사랑』. 시조집 『아
름다운 기다림』. 동시조집 『달걀에 그리는 초상
화』. 동시집 『해님을 안았어요』 외 4권. 한국문
협·전남문인협회·한국아동문학인회 회원, 광주 전남아동문학인회 이
사, 한국아동청소년문학인회 상임위원, 한국아동문학회 전남지회장,
한국동시문학회 회원. dolsil2002@naver.com

수필

가을, 나무를 읽다

권규미

배 한 척 왔다. 황금의 만선이다. 산 사람은 먹이고 죽은 사람은 장사 지내는 축복의 홀이다. 제 몸의 조각들로 하늘의 발을 감싼 아름다운 신관들이다. 횡으로 가로누운 지지부진의 시간들을 팽팽한 수직으로 또박또박 걷게 하고 울울창창, 지겨움에 대적하여 기도하는 새들의 꿈으로 양식을 삼은 청명한 원시 부족이다.

단풍이 드는 현상을 생물학에서는 이층 형성이라고 한다. 단일한 존재에서 그 일부가 다른 존재로 변화하여 이룬 층을 의미한다. 기온이 내려가면서 잎에서 이루어지던 광합성은 서서히 감소하고 가지에서 잎으로 연결되는 수관과 체관이 부풀어 막히면서 광합성은 종료되고 붉거나 노란 제 원래의 빛에 닿는 것이라 한다. 그러므로 낙엽은 생명의 끝이 아니라 시작이다. 비와 바람과 어둠을 받아들여 땅속뿌리로 스며 다시 나무와 한 몸을 이루거나, 밝음을 받아들여 허공을 떠돌다가 다른 생명의 몸속으로 스며 순환과 소멸을 반복하는 무한의 여정을 따르는 것이다.

그러니까 나무들은 낙엽이 품은 이별의 의미를 생명 속의 자산, 즉 소유의 개념으로 일으켜 세웠다. 지구상의 몇 안 되는 직립의 종족 중 가장 아름다운 자산을 소유한 셈이다. 일상의 소소한 떠남에도 목이 메고 허방에 빠진 듯 허둥거리는 인간의 하찮음으로는 백 권의 철학책으로도 닿지 못할 거대한 이데아다. 계절의 순서를 호명하는 시간의 방향이다. 세계의 진실을 앞세우고 서리 비웃듯 돋아나는 붉은 날개들이 그들의 언어다. 끊임없이 생산되고 소비되는 이별의 문명으로부터 그들은 진화하고 진화했다.

모든 생명은 우주의 개별자가 아니다. 서로의 절망과 희망을 아프게 마주하며 시시각각 다가오는 이별과 추락의 목격자인 우리들의 생, 그중 이별은 유한한 것도 무한한 것도 아닌 우리 안에 내재된 부동의 이념 같은 것이다. 스스로 그러하다는 것을 믿는 힘이다. 발아래의 낙엽들이 안개와 구름 같은 습기를 머금었다 다시 내뿜을 때, 나무들은 먼 곳에서 온 편지처럼 아름다운 자신의 목소리를 들으며 북풍한설을 견디는 것이다.

무엇을 안다는 것, 사랑한다는 것은 무슨 뜻일까? 나에 대해 당신에 대해 나무에 대해 안다는 것은 그만큼 가까운 시간의 느낌일까? 아니면 서로서로의 간격이 가장 적당하다는 여유의 느낌일까? "삶과 죽음의 길/ 예 있으니 두려워/ 나는 간다는 말도/ 못 이르고 어찌 가는가.// 어느 가을 이른 바람에/ 여기저기 떨어지는 나뭇잎처럼/ 한 가지에 나서" 월명사의 「제망매가」를 읽으면 때때로 눈물이 났다. 그때의 눈물은 막막함이라는 불가피한 틈 사이에 무연히 떨어진 낙엽 같은 것이었다. 내 발등에 스며 다시 뜨거운 당신의 심장이 되는.

안개 속의 나무는 그윽한 신전이었다. 층층의 하늘을 배경으로 두고 항복하는 자세는 갈수록 장엄하였다. 자기 확신과 자기 부정의 따뜻한 중간 지점에서 천 개의 팔을 깃발처럼 흔들었다. 인위적인 어떤 힘도 그들을 이긴 적 없었다. 첨단의 어느 문화가 그들의 문명을 앞서겠는가. 무성한 시간의 숲을 천천히 걸어 나와 마른 강가에 다다른 수행자처럼 묵묵하고 청정하고 다만 고요할 뿐인 그 끝없는 역사를.

이별의 힘으로 별을 가꾸는 일은 하늘의 몫이었다. 우주의 나이를 짐작하는 일만큼이나 아슬아슬하였다. 물방울 하나가 아흐레 낮밤을 쉬지 않고 떨어지면 어딘가에 닿는다고 한다. 검은 날개 아래 희한한 부족들이 저마다의 이별을 끌어안고 오글오글 모였다 한다. 거기 한 송이 꽃도 피어났다는 소식 듣지 못했다. 진정한 소유란 꽉 움켜잡는 것이 아니라 완전히 놓아 버리는 것. 자신의 존재를 황망한 우주 속으로 아낌없이 흩어 버리는 것이라고 이제 나무들이 제 뼛조각으로 허공을 펼쳐 들 것이다.

마음을 벗고 싶어 글을 쓰지만 글 속에는 늘 내가 너무 많았다. 무엇을 하든 나는 그 자리에 내가 없는 한 덩어리의 허공일 수는 없었다. 천 개의 모놀로그와 만 개의 페르소나 사이는 늘 황황홀홀했다. 해가 뜨고 달이 뜨는 참으로 아득한 날들이었다. 제 혼잣말에 스스로 놀라는 뱀처럼 심장은 갈수록 뜨거워지고 매끄러운 흉통이 느릿느릿 기어오르다가 훅 목을 누르는 느낌이기도 했다. 온

몸의 피가 일시에 출구를 찾는 듯 사유의 벼랑 가파르게 흔들리기
도 했다.

　이성과 감성을 한 통 속에 넣고 흔들어 신탁을 꺼내는 델포이의
신녀처럼 나무들이 타는 불 속으로 걸어드는 중이다. 타고 남은 재
가 다시 기름이 되는 불의 바다, 그 천 편의 동화 속에서 나무들
은 다시 초록빛 손가락을 길어 올리리라. 다시금 봄은 눈이 부시리
라. 자신의 추락을 외면하지 않고 자신의 사라짐 속으로 묵묵히 걸
어드는 소신공양, 그 전심전력의 시간 속에서 겹겹의 언어들이 퇴
적층을 이루듯 둥글게 둥글게 우주로 향하리라.

　세상은 처음부터 나무들의 편이었다. 태초에 열 개의 태양과 한
마리의 새를 낳은 나무가 있었다. 뿌리와 가지는 사방 팔백 리를
뻗었고 그늘은 만 마리의 소 떼가 쉴 만큼이었다. 아직도 태양은
나무 앞에서 어린아이다. 엄마의 치마폭에 매달린 아이처럼 나무
에 매달려 온종일 맴맴 돌기도 하고 나무의 등 뒤로 깜박 숨기도
한다. 잠이 덜 깬 아침의 태양을 번쩍 받아 올려주는 나무들 너무
정겹지 않았는가. "될성부른 나무 떡잎부터 안다."는 말, 나무에
게 하는 말이 아니었다. 우리는 모두 소나무, 참나무, 버드나무,
살구나무의 말랑말랑한 새끼들인 것이다.

　나무는 세계의 축이며 인간의 기원이라고 한다. 하늘의 높이와
땅의 깊이를 메우는 매개물이며 생명과 앎을 사유하는 신성을 지

넜다. 낙엽이란 말 속에는 곧고 바른 나무의 혈족으로 푸른 피가 면면히 흐른다는 뜻이 있다. 모든 상징과 은유를 걷어 내고 나무의 넋을 사는 우리, 더 이상 외롭지 않아야 한다. 평생의 산고 끝에 나무가 낳은 딸들이 있다. 세계를 이해하는 데 그보다 좋은 스승은 일찍이 없었다. 꿈은 꾸는 자의 것이고 책은 읽는 자의 것이라 한다. 돌의 맹세를 품은 새로운 시간 앞에 나무들이 편 다정한 치마 폭이 있다.

권규미

2013 월간 『유심』으로 시 등단, 2023 중앙신춘시 조상 수상, 시집 『참, 우연한』, 『각시푸른저녁나 방』 출간. demeter02@hanmail.net

다정함의 종말 마일리지와 마을살이

세탁소 아저씨가 마지막이라며 인사를 왔다. 갑작스러움에 나는 놀라서 "우리는 이제 어디로 가라고요?" 물었다. 그는 울컥해 하며 세탁소 일을 접는다고 했다. 세탁소 아저씨는 나의 마지막 동네 인맥이었고 늦은 밤 집으로 올라가는 길을 지켜주는 지킴이었다. 아파트 입구 초소에서 밤을 새웠던 경비가 사람에서 CCTV로 바뀌자 늦은 밤 퇴근길은 늘 부담이었다. 그럴 때마다 늦도록 불 밝히고 세탁소 일을 하다가 퇴근하는 그에게서 얼마나 위로를 받았던지.

그는 간혹 가족들 옷의 떨어진 단추까지 부탁하지 않아도 알아서 달아 주기도 했다.

아파트를 분양받고 입주 때부터 세탁소를 이용해 왔다. 그도 몇 번의 부침이 있었다. 근처 상가에 와이셔츠 천 원 세탁 등 저가 드라이클리닝이 생기자 잠깐 흔들리기도 했다.

하지만 그는 배달 서비스로 이겨 냈다. 그의 SUV 차에는 옷이 가득했다. 아이들 옷을 수선하고 새 바지를 살 때마다 길이를 줄여 주고 겨울 코트 등 옷이 많을 때는 어깨에 메고 배달을 왔다. 코로나 19 때도 직접 마주하고 옷을 주고받았다.

세탁소를 접는 이유를 나는 물을 수 없었다. 몇 년 전부터 늘 함께했던 그의 아내가 보이지 않았다. 얼핏 암 수술했다는 말만 들었을 뿐 그가 불편해하는 내색을 보이자 모르는 척한 것이다.

그의 등 뒤로 노을빛도 스러지고 情의 마일리지를 쌓았던 아날로 그 시대가 저물고 있었다.

식탁에 앉아 문득 버스 정류장 구두수선 아저씨를 생각했다. 잘해 내고 있을까. 구두를 사지 않고 운동화를 신게 된 이후 수선 가게를 주기적으로 들르지 않은 지도 수년이 넘었다.

어느 날 퇴근길에 잠깐 들렀는데 그가 하소연을 했다. "아휴, 점심값도 못 했어요. 요즘은 운동화가 많아서요." 그런 그에게 아침용으로 샀던 빵 봉투에서 샌드위치를 꺼내 주고 그가 문득 풀어내는 군대 시절 이야기를 30분 넘도록 들어 주었다. 맞장구처럼 터져야 하는 나의 시집살이 이야기는 꺼내지도 못한 채 구두 수선 박스를 나오고 얼마나 흘렀는지.

아파트에 살면서 마을 사람들과 만남의 물꼬를 터놓지 못했다. 20년을 살아도 출퇴근 때 엘리베이터에서 마주치는 이웃과 눈인사를 나눌 정도다. 세대가 젊은 층으로 많이 바뀌고 SNS 커뮤니티로 소식이 올라온다. 회의 결과를 정할 때는 전자 투표를 해야 하고 카톡 창에 알림이 뜬다. 동네 카페나 브랜드 빵집들은 알바생들이 주문을 받지만 앱을 깔아야 단골 점수를 쌓을 수 있다. 근처 대형 마트는 무인 계산대에서 스스로 계산하고 마일리지를 적립한다.

사람의 가슴속에 살아 있던 情의 마일리지는 끝나가고 있다. 모두 AI가 처리해 주는 통계를 따라 카드 실적이 증명할 뿐 개인 상황에 따른 융통성이 없다.

호숫가 단독주택을 살았던 88올림픽 때부터 2002년 월드컵의 15년이 100년이 넘은 듯 아득하다. 친절한 이웃들로 둘러싸여 나의 초등학생 두 아이들이 오가고 생활 터전은 아이들 중심으로 돌아가는 작은 상점들이 대부분이었다. 사소한 행복이 구물거리는 골목에 평화로운 풍경처럼 일상이 펼쳐졌다.

88 비디오가게 아저씨, 아톰 문방구 아저씨, 골목 입구 털보슈퍼 사장님, 헐리우드 미용실, 우리 집으로 몰려든 동네 아이들을 위해 점심을 주문하거나 사 먹던 半한정식 젊은 사장과 딸의 친구 엄마가 하던 약국 정도다. 비디오가게 아주머니가 팔이 부러졌을 때는 두 아이와 병문안을 가고 문방구 아저씨는 학교 운동회에 응원 깃발을 선물하며 파이팅을 했다.

우리 집 삽살개가 담요 같은 털을 펄럭이며 동네 여자 친구들을 거느리고 부산하게 뛰어다니면 "유기견으로 잡혀가 안락사 당한다."며 붙잡아 주었던 고물상 아저씨.

호숫가 한 마을은 대가족처럼 이어져 서로를 챙기고 도움을 주고받았다.

서재에서 내 수필집을 한 권 꺼낸다.

세탁소 아저씨에게 마지막 인사를 해야 할 것 같아서다. 펜을 들고 멈칫한다.

그의 이름을 모른다. 마지막이지만 이름을 물어야겠지? 그도 내 직업과 이름까지 몰랐을 것은 뻔하다. 딸려 오는 영수증에는 늘 206호였다. 굳이 이름을 알지 않아도 불편하지 않았고 스무 해를

넘겼다.

　아파트 가로등처럼 늘 그렇게 마을을 지키던 세탁소가 사라진다.
그도 행복한 마음으로 이곳을 기억하며 어디서든 잘 지내기를.

권남희 權南希

1987년 『월간문학』 수필 당선, 한국수필가협회
편집주간 역임, 현재 한국수필협회 부이사장, 한
국문협 수필분과회장, 한국예술인 복지재단 이
사, 한국여성문학인회 이사 등. 롯데문화센터 강
남점, 리더스 수필연구반, 현대백화점 신촌점 등
에서 강의, 수필집 『미시족』, 『어머니의 남자』,

『시간의 방 혼자 남다』, 『그대 삶의 붉은 포도밭』, 『육감 하이테크』, 『목
마른 도시』, 『이제 유명해지지 않기로 했다』, 『민흘림 기둥을 세우다』
등 14권. 한국수필문학상, 한국문협 작가상, 구름카페문학상, 올해의
에세이스트상 등 수상. stepany1218@hanmail.net

귀한 만남들

支泉 권명오

어쩌다 어느 날 태어난 너와 나 우연한 만남의 인연으로 함께 살다가 가게 될 운명이 된 것이 정해진 순리인지 아니면 하나님의 뜻인지 정확히 알 길이 없지만 수많은 너와 나는 밉든 곱든 좋든 싫든 사는 동안 함께할 수밖에 없는 여정의 귀한 동반자들이다. 재물과 권력과 지식이 높고 낮든 그 차이가 어찌 됐든 누가 세상을 먼저 떠나고 나중 떠나고 또 삶의 질과 행복의 차이가 천차만별이든 아니든 인생사 거기서 거기 세상 마지막 떠날 때는 모든 것 다 버리고 빈손으로 갈 운명들이다. 그 때문에 그 누구도 인생사에 대한 정확한 명답과 정의를 내릴 수가 없고 전지전능하신 창조주 하나님밖에는 알 수가 없을 것 같다.

어찌 됐든 너와 나는 그렇게 저렇게 얽히고설켜 가며 어우러져 뒹굴다가 떠나야 될 숙명을 거역할 수가 없다. 박식하고 권력과 재력이 넘쳐 불로초, 산삼 등 갖은 명약과 보약을 다 먹어도 죽음을 막을 길이 없고 영원한 내 것은 아무것도 없다. 그런 것을 잘 알면서도 너와 나는 아등바등 무엇을 위해 피땀을 흘리며 치열한 경쟁을 해야 되는지 알 길 없는 죄 많은 공동 운명체들이다.

개중에는 나 홀로 독야청청 잘 살겠다고 갖은 해악을 연출하면서 이성을 잃고 세상을 혼란케 하고 또 권력과 재력을 모두 다 갖은 자들이 더 갖겠다고 빼앗고 죽이고 때로는 전쟁도 불사하며 자신의 행위는 정당한 정의와 사회와 국가를 위한 어쩔 수 없는 선택이라고 외쳐댄다.

착각은 자유지만 언제인가 빈손으로 떠나야 될 운명인데 어찌해서 세상은 그리도 복잡하고 불가사의한 윤회의 연속인지 참으로 기막힌 미완의 숙명들이다. 문명의 발달은 비극의 발달과 병행하는 것인지 가공할 핵폭탄을 만들고 사람을 죽이기 위한 무기를 양산하고 싸움도 끝일 날이 없다. 참으로 알 길 없는 너와 나들의 인생사다.

과학 문명의 발달은 삶을 윤택하고 편하게 만들었지만 자연의 파괴와 지구의 온난화와 함께 인성을 메마르게 하고 인간을 기계문명의 노예로 만드는 재앙을 초래케 했다. 우주 만물 모든 것이 만남으로 이루어지게끔 만든 것이 하나님의 뜻이니 사람으로 태어난 너와 나의 만남과 인연은 가장 귀중한 것이다. 사는 길과 방법이 다르고 타고난 능력의 차이가 다를지라도 서로 정을 나누고 사랑하고 의지하고 베풀며 살다 가는 것이 삶의 정도라고 생각한다.

그 때문에 미우나 고우나 너와 나는 사랑하고 아끼고 보듬으며 살아야 될 인생 여정의 동반자들이다. 사랑은 주는 것인지 받는 것인지 아리송하지만 사랑을 많이 잘 베풀 줄 아는 사람이 가장 행복하고 사랑을 베풀 줄 모르는 사람은 자기 자신을 사랑할 줄도 모르는 불행한 사람이다.

사노라면 극복해야 될 난관도 많고 명암이 반복되지만 누구나 다 남모를 고통을 겪고 있다. 그 때문에 인생사 깊고 넓게 살펴보면 특별히 다를 것이 없다. 창조주 하나님께선 이웃을 내 몸같이 사랑하라고 하셨다. 그리고 사랑이 넘치시는 여호와께서는 독생자

예수님을 이 땅에 보내셨다. 축복받고 태어난 너와 나는 전지전능하신 주 하나님 말씀 받들어 인생여정의 빈 그릇을 따뜻하고 달콤한 사랑으로 채워 가면서 함께 만남의 꽃을 피우고 열매를 맺어야겠다.

支泉 권명오

칼럼니스트, 수필가, 시인, 애틀랜타 한국학교 이사장, 애틀랜타 연극협회 초대회장 역임, 권명오 칼럼집(Q형 1, 2집), 애틀랜타 문학회 회원, 미주한인의 날 자랑스런 한인상, 국제문화예술상, 외교통상부 장관상, 신문예 수필 신인상 수상.
richardkwon55@gmail.com

두 장의 사진

권민정

죽음을 항상 기억하며 사는 사람의 죽기 전의 사진은 특별한 데가 있다.

한 남자가 혼자 비를 맞으면서 길을 건너고 있다. 그가 우의 대용으로 입고 있는 코트는 머리를 덮기 위해서 훌쩍 들어 올려진 상태이다. 빗속을 걸어가는 남자, 그는 어디로 가는가. 이 한 장의 사진은 조각가 자코메티가 세상을 떠나기 9개월 전 생시의 모습을 촬영한 앙리 까르띠에 브레송의 작품인데 그가 세상을 떠난 지 1주일 뒤에 파리 마치지에 실렸다. 우산 하나 쓰지 않고 외투로 비를 피하며, 정면을 응시하며 걷는 모습에서 '영혼'에서부터 '육적인' 것까지 해탈해 버린 듯한 구도자의 모습을 발견할 수 있다고 하여 당시 엄청난 화제를 모았다.

전쟁이 남긴 폐허와 상흔, 허무와 불안을 딛고 인간 본연의 실존과 마주하며 뚜벅뚜벅 걷는 인간 형상, 더 이상 걸어 낼 게 없는, 철사처럼 가늘고 긴 인간 형상을 만들어 〈걸어가는 사람〉을 조각한 자코메티는 말했다. "마침내 나는 일어섰다. 그리고 한 발을 내디뎌 걷는다. 어디로 가야 하는지, 그리고 그 끝이 어딘지 알 수 없지만, 그러나 나는 걷는다. 그렇다. 나는 걸어야만 한다."

젊은 시절 사람의 죽음을 바로 옆에서 목격했던 그는 인간에게 있어서 산다는 것이 너무 허망하고 덧없는 것임을 깨달았다. 그는 '인간이 산다'는 의미와 그 '본질'이 무엇인지를 탐구하기 시작했다. 그가 평생을 통해 성찰한 인생과 삶에 대한 해석, 〈걸어가는 사람〉처럼 부스러질 것 같은 연약함을 가졌지만, 부스러지지 않게 단단히 굳은 의지를 다져서 미래를 향해서 걸어가야 한다는 것이다. 영원히 살아 있는 조각을 만드는 것이 그가 그토록 두려워했던 '죽음'을 극복하는 일이었다. 자코메티 작품 전시회장에서 그의 작품 못지않게 구도자적인 모습의 사진이 크게 마음에 와닿았다.

또 한 장의 사진이 있다. 이어령 선생의 모습이다. 돌아가시기 한 달 전 자택에서 두 손을 탁자에 올린 채 깍지 끼고 의자에 앉아 누군가와 대화를 나누는 모습이다. 품위 있게 빗어 넘긴 백발, 호기심의 우물이 찰랑대는 검은 눈동자, 좀 살이 찐 듯했던 예전의 얼굴이 아니다. 평소의 선생 얼굴과 다른, 골상이 다 드러난 바짝 마른 모습이다. 이렇게 마른 모습, 예전의 모습을 기억하는 사람들이 다 놀라게 될 듯한 사진이다. 나라면 보여 주고 싶지 않을 얼굴일 텐데 그는 전문 사진사를 불러 사진으로 남겼다. 빼빼 마른 얼굴이지만 그의 눈빛은 형형하다. 그리고 평소의 그답게 여전히 말을 하고 있다.

이 사진은 나에게 깊은 충격과 감동을 주었다. 평생 죽음을 기억하며 축제 속에 죽음이 있고 가장 찬란한 대낮 속에 죽음이 있다며 메멘토 모리를 평생의 화두로 사셨던 분이다. 대부분 사람은 했던 말과 죽음을 앞두고 하는 행동과는 다르다. 그러나 선생은 죽음을 앞두고 정말로 굳은 의지로 걸어가는 모습을 보였다. 암 선고를 받았지만, 하루 6시간 암 치료를 위해 병원에서 보내기보다 그 시간에 글을 더 쓰겠다고 하였다. 젊은 시절 지성으로 한국인의 정신을 이끌었다면 말년에는 삶과 죽음에 대한 깊은 깨달음으로 우리를 숙고하게 했다.

"계절이 바뀌고 해가 바뀌었을 때도 또 꽃을 볼 수 있을까 하는 생각이 들 때 비로소 꽃이 보인다. 암 선고를 받고 내일이 없다는 이야기를 듣고 난 후에 역설적으로 가장 농밀하게 산다."라고 했다.

자신의 정체성을 우물을 파는 자라고 한 선생은 단지 물을 얻기 위해 우물을 파지는 않았고 미지에 대한 목마름, 도전이었다고 한다. 이제 그 마지막 우물인 죽음에 도달한 것이고 뒤늦게 깨달은 생의 진실은 모든 게 선물이었다고 말한다. 인생은 선물이었다는 선생의 마지막 말이 가슴에 크게 와닿는다.

내가 이어령 선생을 처음 알게 된 것은 고등학교 1학년 때다. 어느 날 국어 선생님이 학과 수업은 하지 않고 우리에게 아주 좋은 글이 있다며 『하나의 나뭇잎이 흔들릴 때』라는 수필 한 편을 낭송해 주었다. 그 글을 읽고 국어 선생님은 너무 감동을 받아 무척 흥분 상태였는데 그 감동이 우리에게도 오롯이 전해졌다.

하나의 나뭇잎이 흔들릴 때 우주의 숨결이 스쳐 지나가는 것과, 다시 어둡고 색채가 죽어 버린 흙 속으로 떨어지는 나뭇잎을 본다고 하였다.

이어령 선생이 젊은 시절에 쓴 이 글은 죽음을 말하고 있다.

내가 다닌 대학이 선생이 재직한 곳이라 같은 과는 아니지만 나는 선생의 글을 읽고 강연을 찾아 듣곤 했다. 선생은 우리와 같이 호흡하며 같은 시대를 살며 무딘 감성을 깨웠다.

무엇보다도 마지막, 선생의 죽음을 맞이하는 모습은 더 큰 감동이었다. '죽음이 어떻게 생겼는지 한번 봐야겠다는 표정'으로, 허공을 또렷하게 30분 정도 응시하면서 '죽음마저 관찰하는 듯했다.' 한다. 손주들과 영상통화 후 가족예배를 드렸고 그 이후 숨이 점점 옅어지면서 하늘로 떠났다. 선생은 먼저 세상을 떠난, 그가 사랑했던 딸을 만나러, 딸이 있는 세계로 한 발을 씩씩하게 내딛고 걸어가신 것이다.

권민정

2004년 『계간수필』 등단, 2023년 『어린이와 문학』 동시 등단, 수필집 『은하수를 보러 와요』, 『시간 더하기』. 2023년 수필미학 문학상 수상, 수필문우회, 이대동창문인회, 계수회원. gnsmj@hanmail.net

완벽주의자Mr. Perfect

권순희

"오, 아주 예쁘고 사랑스럽네! 이건 아주 비싸고 인기 있는 놈인데….

그런데 얼마지?"

B는 그 애를 보자마자 완전히 맘에 들어서 폭 빠진 듯 보였다.

"아마 그냥 주시는 것일 거야. 그 친구와 남편, 모두 너무 바빠서 더 이상 데리고 있을 수 없대요. 자네가 진심으로 집에 데리고 가고 싶어?"

"공짜인데 아주 감사하고 행운이지. 이렇게 사랑스럽고 예쁜데 물론 집으로 데리고 가야지."

그는 공짜라는 말에 주저하지 않고 바로 데리고 가자고 한다.

"그럼 그렇게 하자. 그 친구 남편은 이제 새로운 사업을 계획하고 있어 지금보다 훨씬 더 바쁠 것 같아 더 이상 데리고 지낼 여유가 없다고 하네요."

사실 나도 바쁘고 좀 더 힘이 들겠지만 그가 저렇게 좋아하고 원하면 바쁜 시간 쪼개어 최선을 다해서 돌볼 수 있을 것 같다. 기쁨은 힘듦을 이겨 낼 수 있으니까. 그리고 조금 더 작은 놈, 3.5파운드와 6인치 크기의 치와와 종인, 프레셔스Precious도 있는데 둘이 친구가 되면 외롭지도 않고 우리가 밖에서 일하거나 여행 가면 서로 의지하며 놀 수 있으니까 우리 마음이 좀 더 편할 것 같다.

그러나, 1주일 후, B는 심각하게 정색해서 간절하게 부탁한다.

"제발, 저 놈을 전 주인에게 돌려줘. 문제가 생각보다 많아."

"어떻게 그래? 이 애가 이제 겨우 1주일 되었는데…. 지금도 새로운 환경에 적응하느라 아주 혼란스럽고 민감해져서 정서적으로 불안해 보이는데…. 자칫하면 아주 심한 정서 불안이 생기겠네. 이 애에게 너무 혹독한 것 같아서 돌려주는 것은 안 돼요. 좀 더 참으며 노력해 봐요."

한 달 후에도 그는 계속해서 화내거나 부탁하거나 하면서 그 애를 전 주인에게 돌려주거나 다른 가정을 찾아 입양해 보내도록 요구한다.

"손이 덜 가는 프레서스 하나만으로 만족해."

그는 완벽주의자처럼 조금이라고 스트레스 받으면 참거나 인내하려 하지 않고 가급적 그 문제를 피하려 한다. 그래서 결정에 대한 책임을 가지고 좀 더 인내하며 기다려 보자고 그에게 설명하며 설득해 본다.

사실, 이 새 가족의 이름은 럭키Lucky, 말티즈Maltese 종으로, 6파운드에 9인치로 좀 더 크고 무거운데, 성격이 훨씬 더 활동적이고, 매사에 적극적이다. 두세 배 더 먹고 더 배설하고 특히 생리 기간in heat이라 바닥에 피가 여기저기 떨어져 있어 청소를 자주 해야 하니 일이 훨씬 더 많아 나 자신이 많이 피곤하고 귀찮기도 하다. 부드러운 털이 많아 훨씬 더 자주 목욕시키고 털 깎는 미용 기술도 배우며 자주 손질도 해 줘야 한다.

"그런데 자네는 저녁에 퇴근 후, 겨우 몇 분간만 같이 놀기만 하고 청소하고 돌보는 모든 책임은 내가 다 맡고 있잖아. 좀 더 참고 기다려 보세요. 사실 자기가 좋아해서 결정하고 데리고 온 거야. 난 일단 자기의 입장을 생각해서 순전히 자기 결정을 받아들인 거야. 그래서 그 결정에 대한 모든 결과가 무엇이든 책임감 있게 돌보아야 한다고 생각해요. 일단 그 애를 가족으로 받아들이면 나의 결정을 쉽게 포기하거나 버리거나 하지 못해요. 인간적으로 못할 짓이기 때문이지요."

책임감을 느끼는 나는 그가 처음 결정한 상황과 새 식구를 이해하고 받아들여 적응하는 노력이 필요하다고 계속 설명, 설득한다. 어떻게 해서라도 문제 해결을 위해 노력하면서 그도 그 애도 서로 적응하도록 도우려 한다. 부작용이 있고 비용이 상당히 들더라도 수술(중성화, neutering)을 시켜 바닥에 피 흘리는 것도 없애려고 한다. 심각한 문제 중의 하나가 스낵을 주면 서로 다툰다.

"프레서스Precious와 럭키Lucky는 자주 다투는데 자기의 잘못도 있어요. 자기가 구해 온 강아지 스낵Treat은 프레서스는 뜯어 먹지 않고 가지고만 있어요. 럭키는 바로 뜯어 먹고 기회를 봐서 동생이 오랫동안 먹지 않고 있는 것을 먹고 싶어 못 참아서 동생이 화장실 가거나 물 먹으러 가면 바로 훔쳐 가서 동생이 화내며 싸우는 거야. 그러니 동생이 20분 정도 먹지 않고 있으면 뺏어 버리고 나중에 주든지 동생도 먹기 좋아하는 것을 구해 주면 바로 먹으니 싸우지 않겠지요. 특별한 이유 없이 그저 좀 더 귀찮은 일이 생긴다고 '버린다'는 것은 용납이 안 돼요. 정말 책임감 없는 행동과 말은 성인답지 못하고, 지성인답지 못하다고 생각해요."

6개월 후, 그는 여전히 럭키의 배설물과 프레서스와의 다툼을 대할 때마다 나에게 불평과 짜증을 계속해서 낸다.

"전 주인에게 돌려주거나 새 주인을 찾아 주자."

그는 드디어 자신의 노모가 애완견 애호가라서인지 이 애를 데리고 갈 수 있는지 물어본다. 그의 친척들에게도 부탁해 본다. 그들은 이미 그들의 애완견이 적어도 한두 놈이 있다. 나는 계속해서 그를 설득해 본다.

"난 이 애의 입장에서 생각해 보면 버릴 수 없어. 버린다는 것은 너무나 큰 고통을 주는 것일 거야."

오늘도 완벽주의자Mr. Perfect인 그는 새 주인을 찾아보려 한다. 또다시 그 애가 생리 기간in heat이라 피를 흘리면서 여기저기 다닌다. 6~7개월마다 한 번씩 생리를 3~4주간 하는 것 같다. 난 이제 청소하는 데 익숙하다. 더 먹이고 더 많은 배설물을 치우고 더 자주 운동도 시키면서 이런 늘어난 나의 일과 책임들에 익숙해 간다. 이번에는 수술 부작용이 있어도 고가의 비용이 들어도 수술을 해 줘야 할까 보다. 아름답고 부드러운 긴 털을 깎는 데도 조금씩 적응하며 나의 일상의 일부가 된다.

벌써 1년이 지났다.

이 완벽주의자인 B는 매일 짜증 내면서, 전 주인에게 돌려 줘라 혹은 새 주인 찾아 줘라 하던 격한 감정 노출에서, 그 횟수가 일주일에 1회 정도로 불평과 화내는 것이 줄었다. 내가 조심스레 간곡하게 강아지의 손톱, 발톱 깎는 것을 부탁하면 이제 그이도 조금씩

도와준다. 가끔씩 미국의 엄격한 동물학대법을 언급하며 주인으로서의 책임감을 설명하면서 부탁하면 못 이기는 척 협조한다.

무엇이든지 맘에 안 들거나 스트레스를 주면 물건이든 사람이든 쉽게 버리거나 포기하는 그의 일상생활 습관에서 좀 더 성숙해지는 모습을 본다. 남을 탓하기 전에 자신을 돌아보는 시간을 좀 더 가지는지 이 새로운 가족에 조금씩 적응해 가는 것 같다. 나의 가치관과 생활철학 방식에 조금씩 수긍이 되는지 그의 짜증과 불평이 조금씩 줄어들고 있다. 내가 좋은 점을 계속 강조하면서 지내다 보니 그도 조금씩 바뀌어 가는 것 같다.

이제는 가끔씩, 일주일에 한 번 정도, 그러나 한결 부드럽게 B가 좋은 주인 있으면 보내 주자고 말한다. 그를 잘 아는 나는 오랫동안 그의 성격에 잘 적응해 왔듯이 오늘도 부드러운 미소를 보내며 상냥하게 노력해 볼게라고 대답하며 그의 부탁을 은근슬쩍 한 귀로 듣고 흘린다.

권순희

경주 출생, 한국에서 교직 생활 중 미국 유학, 사우스캐롤라이나 주립대학 철학박사, 현재 조지아주 애틀랜타에서 매크로교육연구소 Macro Education Institute 대표, 교육 전문가, 강사, 컨설턴트, 작가, 칼럼니스트, 번역가, 수필집 『세상을 바꾸는 밥상머리 교육』 등 다수. clarak7@daum.net

차나 한 잔 해

권용태

오늘은 밀물로 인해 들어갈 수 없는 간월암이네.

여기서 바라보면 바다와의 소통으로 묘한 생각도 들겠다 싶어서 섰던 자리에 주저앉았다. 절 마당에서 보는 달도 좋지만 바다 가운데 떠 있는 섬도 그에 못지않겠지.

세상에 보고 싶은 것만 보려는 것이 인지상정이라는데 나는 그에 동의하지 않는다. 간월암은 자신이 가진 다반사 중 오늘 모습뿐 아니라 언제라도 폭풍우나 눈보라 인들 마다하지 않기 때문이다. 운 좋게 물길이 열린 날 온다면 절 마당에서 드넓은 바다 가슴을 더듬어 볼 수도 있겠지.

변화무쌍한 일기에도 마당 한편 사철나무만은 늘 푸른빛이니, 과연 간월암의 본 모습은 어떤 것일까. 면면히 연출되는 변화와 불변의 이벤트야말로 이곳의 일상이며 주인이 구경꾼을 위해 세팅해 놓은 모듬 메뉴가 아닌지.

간월암 목을 쳐 놓고 바다가 묻는다
물 건너는 게 나그네인지 배인지

절 마당 서서 나그네가 되묻는다
이 언덕에 온 것이 나일까 신발일까

사철나무 끼어들며

갯벌이 바닷물 마시듯 차나 한 잔 해

- 졸시, 「차나 한 잔 해」

　과격한 어조로 "간월암 목을 쳐 놓고"라 한 것은 원인 제공자인
바닷물과 일상적인 찻물과의 상대적 경계를 허물기 위해서였다.
하긴 물이 차올라 떨어져 나간 간월암을 보며 뭣도 모르는 나그네
는 참형을 연상했을 수도 있겠다. 알고 보면, 바다와 간월암 저희
들끼리는 매일 하기로 약조한 차 한 잔의 일상일 뿐인데.

　나그네를 데려온 배와 신발에게 동등한 캐릭터를 주었다. 산에
전하는 말로 강을 건넜으면 배를 버려야 피안에 오를 수 있고 절에
왔으면 신발을 벗어야 방에 들 수 있다지만, 누가 버리고 누가 버
림을 받는단 말인가.

　말씀대로 배와 신발 역시 나그네를 버리고 비어 있을 때라야 참
다운 의미가 있으니 무색무취 정토 구역에서는 피차간 갑을 관계
가 아니라야 맞는 거지. 결국 해탈, 달, 밀물 같은 쟁쟁한 스타들
의 호위를 받는 간월암이지만 구경 왔으면 그냥 차나 한 잔 하고
가면 되는 것이지 남들이 묻고 따지고 궁리했던 걸 따라 해 봤자
자잘한 교양이나 챙기는 거 외에 뾰족한 수 없다는 거야. 마당의
늘 푸른 사철나무는 그걸 훤히 아는 거지.

　하하,

　그러면서도 댕겨온 지 오래인 이 간월암의 아름다운 밤을 관능적
별천지로 기억하고 있으니…. 기억과 생각의 차이일까.

시를 쓰고 사족을 달다 보니 백련암 성철이 즐겨 애송했다는 "산은 산이요 물은 물이다."라는 말이 생각나네. 이 유명한 시를 도통 이해할 수 없던 나는 지적 공명심만으로 더듬거리다 언젠가 법당 뒷벽에 그려진 심우도를 보며 겨우 청산에 물이 흐르고 있다는 걸 알기 시작했으니 그림 속 동자였다면 이때가 심우도의 첫 장면이 아니었나 생각한다. 그렇다면 아직 산으로 난 길을 찾는 나는 두 번째 그림 속 아이쯤 되는지 모르겠네. 심우도 열 번째 그림, 저 자거리에서 함박웃음을 짓는 배불뚝이 포대화상은 아마 시의 셋째 연을 알고도 남을 양반이겠지 짐작만 한다.

죽기 직전 성철은, "사람들에게 사기 친 죄업이 수미산을 지나 그 한이 만 갈래나 되는구나. 내 가는 저승길 종점은 무간지옥일 것."이라 했다는데, 선득선득한 그의 청룡도를 만지작거리는 나를 보니 범 털에 놀란 하룻강아지 생각이 드네.

밀물로 간월도 목을 친다더니 냉수나 한 바가지 들고 있으니…. 허나 이 또한 차별심을 가져서야 되겠나. 그게 몸과 마음을 정화하는 정한수일지, 사막의 목마름을 적셔 주는 생명수일지를….

그는 유독 속인이나 수도승의 무지와 게으름을 질타하는 일화를 많이 전하고 있단다. 그래서 사람들은 이 열반송을 두고, 생전에 그토록 세상(실은 그의 아성)을 삼엄하게 포장하시더니 종국에는 그에 미달된 자를 수용하려고 무간지옥까지 만들었다거나, 자신의 속임수를 따르다 지옥으로 동행할 수밖에 없는 중생들에게 피눈물로 용서를 비는 회개라고도 한다. 그이를 저승스쿨 입학을 위한 일타 강사쯤 보는 거지.

다른 한편에서는, "용맹정진과 검약으로 살아오신 분이 그럴 리 있겠나. 극락과 지옥은 욕망에 들뜬 사람들이 자기실현을 위해 꾸민 것들로 악머구리 끓기는 니 동네 내 동네 할 거 없다는 거." 란다.

두 곳 모두 실체가 아닌 깨달음을 전하려는 방편이기에 어찌 사느냐와 행불행을 성철 지 맘대로 결정짓겠다는 거야. 본인 속내야 어찌 되었든 양쪽 모두 철저한 자기부정(자신을 비우는 것) 후에나 가능한 일. 무간지옥의 백척간두? 한 걸음 더 보태겠다?

사자나 독사 이빨의 하는 일들이 끔찍해 보이지만 그들에겐 자신이 살아가는 차 한 잔의 일상일 뿐, 절벽 끝에 기막히게 지어놓은 피안의 집이나 구질구질한 내 집이나 도진개진이라는 거다.

항차 간월암 풍우로의 세월이겠나.

바다에 든 섬
안거 중인 스님

바람 부는 간월암에서
그대는 무얼 하려나

겨울 나무마냥
알몸 춤이나 추시게

구름이 달 마시듯

차나 한 잔 해

- 졸시, 「간월암」

삼천 배 마친 순례자가 다음 순서를 묻는다.

이 땡중 보고 절을 했더나? 중노동 하느라 욕봤다만, 니 집사람한테 절 세 번만 더 해야 쓰겠다. 삼백 배 효험을 더 볼끼라.

유쾌상쾌.

간월암과 영감님의 속임수에 취해 가는데, 죽비가 망상의 목을 친다.

자슥, 맹물이나 한 사발 무라.

권용태

2012년 『문예사조』 등단, 2013년 수도여자고등
학교 퇴임. jukgok2729@daum.net

잠 못 이루는 밤

권재중

철모르던 시절의 이야기 몇 토막

초등학교 때 방학이 되면 약 2주 정도 시골 할아버지 댁에 가서 지냈다. 하루는 이웃에 살던 분이 저녁에 사랑舎廊에 놀러 왔다. 이런저런 이야기 끝에 자기가 한밤중에 도깨비에 호려서 산 넘고 물 건너 낯선 곳을 헤매다가 새벽이 되고서야 겨우 정신을 차리게 되었다는 괴담을 늘어놓았다. 곁에서 이 이야기를 들은 나는 한참 감수성이 예민하던 때라 기겁을 했다. 이후 나는 밤중 나들이를 회피하게 되었다. 할아버지께서는 이를 보시고 스물여덟 자로 된 글 한 편을 써 주시며 "이를 외워 두었다가 두려움을 느낄 때, 한 번은 바로 외우고, 또 한 번은 거꾸로 외우기를 거듭하면 도깨비가 범접하지 못한다."고 일러 주셨다. 나는 이를 하나의 주문呪文으로 알고 지냈다. 그러다가 나이가 들어서야 이 글이 바로 중국에서 만들어진 '이십팔수二十八宿'임을 알게 되었다. 페르시아, 인도와 중국에서는 일찍부터 천문학과 점성술占星術이 발달했다. 특히 중국에서는 북반구 지역에서 볼 수 있는 별자리와 별을 찾아 다음 〈표 1〉의 '이십팔수二十八宿'라 했다. 이에 따르면 북방 7수宿에 속한 두 斗는 북두北斗, 우牛는 견우牽牛, 여女는 직녀성織女星을 말한다. 어둠을 밝히는 밤하늘의 이 별빛이야말로 모든 악을 물리치는 상징으로 여긴 것이다.

동방 7수	각角 · 항亢 · 저氐 · 방房 · 심心 · 미尾 · 기箕	청룡
북방 7수	두斗 · 우牛 · 여女 · 허虛 · 위危 · 실室 · 벽壁	현무
서방 7수	규奎 · 루婁 · 위胃 · 묘昴 · 필畢 · 자觜 · 삼參	백호
남방 7수	정井 · 귀鬼 · 유柳 · 성星 · 장張 · 익翼 · 진軫	주작

〈표 1〉 이십팔수二十八宿

열두어 살 되던 해의 어느 겨울날이었다. 남달리 부지런하셨던 아버지께서 아침에 일어나시더니 "밤새 눈이 많이 내렸네!" 하시며 출근할 일을 걱정하셨다. 어머니께서도 이에 맞장구를 치셨다. 옆에 있던 나는 "저는 오늘 눈이 많이 내릴 줄을 미리 알았어요." 하고 참견을 했다. 의아하게 여기시는 두 분께 나는 "벽에 걸린 이 일력日曆에 '대설大雪'이라고 찍혀 있지 않아요?"라고 의기양양했다. 두 분께서는 어처구니가 없으셨는지 피식 웃으셨다. 지금 생각해 보면 그때 나는 그야말로 아무것도 모르는 철부지였다. 농업이 주산업이었던 그 당시, 겉으로는 '태양력'을 쓰면서 실제는 '태음태양력'을 쓰고 있었기 때문에 〈표 2〉 '24절기節氣' 중의 하나인 '대설大雪'이란 글자를 보면서 일기예보로 착각을 했으니 기가 막힐 일이 아닐 수 없다.

입춘立春 · 우수雨水 · 경칩驚蟄 · 춘분春分 · 청명淸明 · 곡우穀雨
입하立夏 · 소만小滿 · 망종芒種 · 하지夏至 · 소서小暑 · 대서大暑
입추立秋 · 처서處暑 · 백로白露 · 추분秋分 · 한로寒露 · 상강霜降
입동立冬 · 소설小雪 · 대설大雪 · 동지冬至 · 소한小寒 · 대한大寒

〈표 2〉 24절기節氣

'6 · 25 한국전쟁' 때, 나는 나이 만 16세였다. 전쟁의 와중에 인쇄된 책력冊曆이나 월력月曆을 구하기가 쉽지 않았다. 나는 금산 장날, 시장에 가서 모조지 8절지를 사다가 한 장, 한 장 정성을 들여 월별로 줄을 긋고 거기에 양력, 요일, 음력, 간지干支를 써 넣어 집안 어른들께 새해 선물로 드렸다. 이 통에 나는 '천간지지天干地支' 곧 '60갑자甲子'를 자연스럽게 터득하게 되었다. 〈표 3〉은 '갑甲 · 을乙 · 병丙 · 정丁 · 무戊 · 기己 · 경庚 · 신辛 · 임壬 · 계癸'의 10천간天干과 '자子 · 축丑 · 인寅 · 묘卯 · 진辰 · 사巳 · 오午 · 미未 · 신申 · 유酉 · 술戌 · 해亥'의 12지지地支를 결합한 것이다.

甲子	乙丑	丙寅	丁卯	戊辰	己巳	庚午	辛未	壬申	癸酉
甲戌	乙亥	丙子	丁丑	戊寅	己卯	庚辰	辛巳	壬午	癸未
甲申	乙酉	丙戌	丁亥	戊子	己丑	庚寅	辛卯	壬辰	癸巳
甲午	乙未	丙申	丁酉	戊戌	己亥	庚子	辛丑	壬寅	癸卯
甲辰	乙巳	丙午	丁未	戊申	己酉	庚戌	辛亥	壬子	癸丑
甲寅	乙卯	丙辰	丁巳	戊午	己未	庚申	辛酉	壬戌	癸亥

〈표 3〉 천간지지天干地支-60갑자甲子 ※ 지면 관계로 한글 표시 생략

그러나 나이가 들면서 나는 이것저것 번민을 하느라 잠을 이루지 못하고 전전輾轉했다. 할아버지께서 그 사정을 아시고, "잠이 오지 않니? 그렇겠지. '하나'에서 '오천'까지 소리 내지 말고 세어 보아라. 그러는 사이 잠이 온다."는 최면법催眠法 한 가지를 가르쳐 주셨다. "하나, 둘…." 또는 "일, 이…." 하고 정신을 집중하여 숫자를 헤어 나가다 보니 어느새 잠이 들었다.

잠 못 이루는 밤

이런저런 일을 겪어 가며 그럭저럭 나이 60대까지 직장 생활을 하면서 바쁘게 살았다. "세월이 유수流水 같다."더니 금방 나이가 들었다. 70~80대가 되면서 '잠재의식의 발로'라는 꿈이 종잡기 어려울 정도로 많아졌다. 그런데다가 전립선비대증으로 빈뇨頻尿 현상이 생겨 밤중에 잠을 자주 깨게 되었다. 또 지나간 옛일들이 자꾸만 되살아나 온갖 잡념이 꼬리에 꼬리를 물었다. 잠을 설치는 날이 많아졌다. 이러다간 건강을 해칠 수 있다는 걱정에 나는 무엇인가 대책이 필요하다는 절박감에 사로잡혔다.

그래서 온갖 궁리를 다 했다. 처음엔 가톨릭 신자로서 이런저런 기도문을 암송해 볼까 했다. 그러나 『가톨릭 기도서』에 나오는 기도문은 이미 낯익은데다가 너무 내용이 단순하면 최면催眠 효과가 떨어질 수 있다는 생각에 이를 접었다. 어렸을 적에 효과를 본 '숫자 세기'를 해 볼까도 했다. 하지만 '이보다 더 나은 게 없을까?' 하고 이리저리 궁리하다가 결국 어릴 적 경험을 바탕으로 차분히 천착穿鑿해 온 동양학의 세계에 빠져들었다. 물고기도 저 놀던 물을 좋아한다더니 역시 각자의 취향에 따라 그 방책 또한 각양각색일 수밖에…. 다음에 그 실례實例를 들어가며 독자들의 궁금 거리를 풀어 보기로 한다.

우선 어둠의 세계를 광명의 세계로 뒤바꾸는 〈표 1〉의 '이십팔수'를 암송하기로 했다. 한 번은 '각·항·저·방·심·미·기(이하 생략)'이라 바로 외우고, 다 외운 뒤에는 '진·익·장·성·유·귀·

정. 두·우·여·허·위·실·벽(이하 생략)'이라고 거꾸로 외우기를 반복한다.

다음엔 〈표 2〉의 '24절기'를 외우기로 했다. 이를 바로 외우고, 또 반대로 뒤집어서 끝에서부터 거꾸로 외운다. 계절별로 춘하추동 한 줄씩 외웠더니 더 쉽게 외워졌다.

그다음엔 '천간天干·지지地支' 곧, 60갑자甲子를 외운다. 먼저 〈표 3〉에서 가로로 '갑자甲子·을축乙丑·병인丙寅·정묘丁卯·무진戊辰 (중간 생략) 기미己未·경신庚申·신유辛酉·임술壬戌·계해癸亥'를 다 외운다. 다음엔 세로로 외워 나간다. '자子·술戌·신申·오午·진辰·인寅'을 붙여 '갑자甲子·갑술甲戌·갑신甲申·갑오甲午·갑진甲辰·갑인甲寅'을 외우고, 다음 세로줄인 '축丑·해亥·유酉·미未·사巳·묘卯'를 붙여 '을축乙丑·을해乙亥·을유乙酉·을미乙未·을사乙巳·을묘乙卯'로 외운다. 다음엔 한 칸씩 빗겨 건너 내리며 '갑자甲子·병자丙子·무자戊子·경자庚子·임자壬子'로 외워 나간다. 이 점이 〈표 1〉, 〈표 2〉를 외우는 방식과 다르다.

그래도 잠이 들지 않을 땐 한문漢文의 기본 교재인 『천자문千字文』을 외워 나간다. 나는 중국의 역사가 깃든 천자문을 한 번도 제대로 배운 적이 없다. 그러나 연세대학교 김근金槿 교수의 『욕망하는 천자문』을 읽은 후에 받은 감동으로 인식이 달라졌다. 외우는 방식도 달리했다. 1000자를 200자씩 다섯 단락으로 나눈다. 다시 이를 8자씩 25개의 문장文章으로 엮어 외워 나가니 한결 외우기가 수월해졌다(〈표 4〉 참조).

1. 천지현황天地玄黃 우주홍황宇宙洪荒 (중략) 묵비사염墨悲絲染 시찬고양詩讚羔羊
2. 경행유현景行維賢 극념작성克念作聖 (중략) 수진지만守眞志滿 축물의이逐物意移
3. 견지아조堅持雅操 호작자미好爵自縻 (중략) 기전파목起翦頗牧 용군최정用軍最精
4. 선위사막宣威沙漠 치예단청馳譽丹青 (중략) 이유유외易輶攸畏 속이원장屬耳垣墻
5. 구선손반具膳飧飯 적구충장適口充腸 (중략) 위어조자謂語助者 언재호야焉哉乎也

〈표 4〉『천자문』의 다섯 단락

다만, 한 가지 유의할 점이 있다. 그중 어느 한 가지를 여러 차례 바로 읽고 외우거나, 거꾸로 뒤집어서 읽거나 외우기를 반복하는 것까지는 좋다. 하지만 모든 자료를 전부 다 외우려는 것은 지나친 욕심이다. 욕심을 지나치게 내거나, 급히 외우려고 하다간 낭패하기 십상이다. 여러 차례 읽고, 또 읽다 보면 저절로 외워지기 마련이다. 위의 모든 것을 다 외우고, 다 이해하게 되면 동양학의 기본이 확실해질 수 있다.

온 정신을 다 모아 주의를 집중하는 일이 이 방식의 절대조건이다. 고단한 날엔 도중에 스르르 잠이 들고, 그렇지 아니한 날엔 끝까지 다 외워야 하는 날도 더러 있다. 간혹 중간에 잠이 깨더라도 이 방식을 되풀이하다 보면 다시 깊이 숙면熟眠할 수 있으니 여간 다행한 일이 아닐 수 없다.

권재중

2012년 문단 등단. 한국문인협회 수필분과 회원,
2015년 한국문인협회 상벌제도위원, 2019년 한
국문협진흥재단 설립위원 역임, 수필집『교육의
발견-나의 자전적수상록』,『한 닢 낙엽에 담긴
사연』,『하루뿐인 오늘』, 기타 저서『뿌리를 찾아
서-안동권씨 정헌공파가승正獻公派家乘』. 제13회
한국문학백년상 수상. j2kwon34@nate.com

성현이의 눈동자

권종숙

수업 시간마다 성현이의 멍한 눈동자가 창밖 하늘 위를 서성인다.
'왜, 무슨 일일까?'
몹시 걱정스러웠지만 당분간은 모르는 척 그냥 지켜보자고 생각
했다.

서울 D초등학교 4학년 담임을 맡고 나서 오월 초순쯤에 있었던
일이다. 자신이 성현이 아버지라며 상담을 요청하는 학부모가 교
실로 찾아오셨다. 까무잡잡하고 새침하게 생긴 어떤 여자와 함께
였다. 학기 초에 예의범절 바르고 후덕한 성품의 성현이 어머님을
뵌 적이 있었기에 몹시 의아한 생각이 들었다. 수일간 고심 끝에,
우리 애가 선생님을 잘 따르는 것 같아서 의논을 드리러 왔다며 조
금 망설이다가 상담할 보따리를 풀어놓았다.

선생님껜 몹시 부끄럽고 죄송스런 얘기지만 이왕 용기를 내어 왔
으니 솔직히 말씀드리겠다고 했다. 그는 전부터 이발소를 운영하
고 있었는데 어쩌다 보니 함께 일하던 면도사와 정이 깊게 들었단
다. 하는 수 없이 이제 아내와 이혼을 하려는데 성현이가 몹시 걱정
이 된다. 그간 제 엄마와 함께 살던 아이를 달포 전에 조부모님 댁
에 데려와서 함께 살고 있는데 큰 문제가 생겼다. 늘 씩씩하고 밝
던 아이가 점점 침울해지더니, 요즘은 식구들과 말도 안 섞고 자신

과는 눈도 마주치기 싫어하며 종일 제 방에만 틀어박혀 지낸다. 부도덕한 사생활을 숨김없이 밝히는 그들이 몹시 불쾌했지만 꾹 참고 듣고 있자니 저절로 한숨이 나왔다. 그도 한숨을 섞어가며 전후 사정을 다 말한 후에 자세를 고쳐 앉으며 상담 요지를 짧게 말했다.

"선생님, 우리 부부가 이혼한 후에 누가 성현이를 키우는 게 가장 좋겠습니까? 저희 가족은 어린 성현이를 위해서 선생님 말씀에 따르기로 했습니다."

'이게 무슨 말인가?' 너무나 당황스럽고 난처한 질문에 나는 어찌할 바를 몰랐다. 교육대학에서 배운 이론으론 도저히 대처할 수 없는 학교현장의 실황이었다. 그때 내 나이 만 28세, 돌도 안 지난 첫 애기를 키우고 있는 여교사가 답을 하기엔 몹시도 난해한 그들의 가정사요 인생사였다. 하지만 그 순간 '너는 성현이의 담임교사다.'란 내면의 소리가 들려왔다. 내가 맡은 제자에게 가장 유리한 답변을 구사해 내야 된다는 사명감과 모성애 같은 걸 느꼈다. 의연한 척 그들을 바라보며 성장기의 친정집 사랑방 정경을 떠올렸다. 크고 작은 걱정거리를 싸들고 찾아온 사람들의 하소연을 묵묵히 들으신 후에, 몇 마디 문장으로 그 난제의 지혜로운 해결책을 넌지시 일러 주시던 할아버지. 그 시절엔 이혼을 금기로 여겼고, 혹여 그럴 경우 유교적 관습상 자식은 아버지 편에서 맡아 기르는 것이 당연시되던 사회였다. 지난 시대의 체험을 되새김질하며 그들 문제의 해답을 찾아내고자 애를 쓰며 나는 잠시 침묵에 잠겼다.

근심스런 표정으로 나의 대답을 기다리는 그들 불륜 남녀에게 욕이라도 한바탕 퍼부어 주고 싶은 내심內心을 감추고 천천히 입을 열었다. "안 그래도 제가 먼저 성현이 부모님께 연락드릴까 생각 중이었다. 학기 초에 그렇게도 씩씩하고 성실하던 성현이 태도가 근래 들어 판이하게 달라지고 있었기 때문이다. 지금 듣고 보니 그간의 집안 사정으로 여린 성현이 마음이 얼마나 불안하고 괴로웠을지 짐작이 된다. 담임교사로서 제자의 아픔을 헤아리지 못하고 지켜보기만 해서 몹시 후회스럽다." 자책하는 교사의 말을 듣고서야 고개를 저으며 모든 게 자신의 탓이라고 풀 죽은 목소리로 숙연한 태도를 보였다.

'이제 됐구나.' 싶어서 상담코자 하는 사안에 대한 내 생각을 분명하게 밝혔다.

"성현이 담임교사로서 소신껏 말씀드리겠습니다. 지금으로서는 성현이를 어머님이 키우시는 게 최선일 거 같습니다. 학기 초에 어머님과 함께 살 때가 너무 좋아 보였거든요. 귀한 아드님의 장래를 위해서, 어머니와 헤어지게 해선 절대로 안 됩니다."

젊은 여교사가 쐐기를 박듯이 내어준 처방전을 들고, 시원섭섭한 표정으로 엉거주춤 교실 문을 나서는 그들의 어깻죽지도 지친 듯 축 처져 보였다.

며칠이 지나고부터 성현이의 태도에 서서히 변화가 일어났다. 훤하게 잘 생긴 얼굴엔 웃음기가 스며들고 목소리엔 활기가 돌았다. 수업 중에 창밖을 서성이던 멍한 눈동자도 빛을 내며 교실 안을 빙그르르 돌았다. 수업 시간에도 "저요, 저요!"를 외치며 손을 번쩍 들고 학습 의욕이 되살아난 성현이. 가뭄에 시들던 교재원의 꽃봉오리가 이슬비를 흠뻑 맞고 무지개 빛깔 꽃송이를 활짝 피우는 듯한 사랑스런 제자. 이런 순간 맛보는 무지갯빛 행복감이 교직 생활의 보람인가 싶었다. 박봉에 열악한 근무 여건, 콩나물시루 교실에 부족한 교육예산, 과도한 업무에 시달릴지라도….

그날 이후 마음에 안정을 찾은 성현이도 다른 친구들처럼 밝고 씩씩하게 학교생활을 하게 되어서 참 다행스러웠다. 여름방학을 며칠 앞둔 어느 날, 하교하던 성현이가 다시 교실로 들어서며 "선생님, 우리 엄마 오셨어요."라며 싱글벙글거린다. 아들 뒤에서 환하게 웃으시는 어머니, 나도 반가움에 겨워 벌떡 일어나 그녀의 손을 덥석 잡았다.
"선생님, 너무너무 감사합니다!"
눈물을 글썽이며 그녀가 풀어놓은 그간의 사연은 이러했다.

원래 그들 부부는 이발사, 면도사로 만나 결혼 후에 이발소를 자영하며 사이좋게 지냈다. 영업이 잘 되어 돈도 제법 많이 벌리고 일손이 모자라기에 면도사 한 사람을 들였더니, 이런 불상사가 생기고 말았다. 자신의 뜻은 무시되고 성현이를 시댁에서 데려간 이후로는 살 의욕이 안 나서 죽고만 싶었다. '방황 끝에 언젠가는 아들을 다시 찾아와야지.' 하는 결심으로 다른 이발소에 취직부터 했다. 이를 악물고 종일토록 서서 일하며 돈을 벌고 있던 차에 성현이를 데려가도 좋다는 연락을 받았다. 밤낮없이 눈에 밟히던 아들과 일찌감치 함께 살게 되어 뛸 듯이 기뻤단다. 이런 기쁨이 다 선생님의 덕분이란 걸 알고 나서 진작 찾아뵙고 싶었는데 인사가 늦었다며 미안해하신다. 젖먹이 아들을 키우고 있던 내 마음에도 그 기쁨이 전해 오는 듯 콧등이 찡해졌다.

직원 종례를 알리는 벨 소리를 듣고서야 되찾은 아들을 앞세우고 교실 문을 나서는 그녀의 모습이 개선장군처럼 장해 보였다. 다시 한번 나를 향해 공손히 절하며 지극한 모성애가 담긴 정겨운 목소리로 긴 여운을 남기고 가신다.

"저 혼자서도 성현이를 남부럽지 않게 훌륭하게 키울 거예요. 선생님…!"

서로 손을 꼭 잡고 힘차게 운동장을 걸어 나가는 그들 모자母子의 뒷모습을 기분 좋게 바라보며 나는 다짐했다. 교직 생활이 끝나는 날까지… 할아버지께서 주신 교훈을 가슴 깊이 새기며, 언행문言行文 일치로 솔선수범하는 좋은 교사가 되리라고.

대학 졸업 후에 발령장을 받고 집을 떠나오던 날, 할아버지께서 내게 교직 생활의 교훈으로 삼으라며 이런 당부를 하셨다.

"이전에는 문중의 딸네들이 직장 생활을 하는 걸 탐탁히 여기지 않으나 작금엔 모든 가치관이 변해 가는 세상이라 더 이상 어쩔 도리가 없구나. 이제부터 너는 나라의 녹을 먹는 공무원이요, 어린 학생들을 가르치는 국민(초등)학교 교사 노릇을 하게 되었으니, 사명감을 갖고 매사에 청렴하고 지혜롭게 처신하며 제자들을 차별 없이 공평하게 대해 주거라."

'70년대 초반 도시 학부모들의 치맛바람 운운하던 풍문을 들으시고, 가정 환경이 힘든 제자들을 더 잘 돌봐주라는 뜻을 내게 미리 일러 주신 듯하다.

요즘도 나는 분주한 일상을 살아가며 자주 학교 옆을 지나다닌다. 근래 매스컴에서 학교현장의 불협화음과 교사들의 탄식, 일부 학부모들의 불만의 목소리가 높다 하더니만, 학교 담장 안이 훈기보다 냉기가 서려 있는 느낌이 든다. 학생과 학부모, 교사와 집안 어르신들 모두가 혼연일체가 되어 어린 학생들을 보호하고 바르게 이끌어가던 옛날 학교의 담장 안은 얼마나 훈훈하고 정겨웠던가.

오늘도 볕 좋은 창가에 멍하니 홀로 앉아, 교단에 선 젊은 날의 나를 찾아 나선다.
"아빠하고 나하고 심은 꽃밭에~~."
풍금 반주에 맞춰 너울대는 맑고 고운 노랫소리가 흘러나오는 그 옛날 학교로.

류정 권종숙

2013년『수필과 비평』신인상(수필), 2020년 아시아리더 대상(문화예술발전 부문), 2021년 '한맥문학' 신인상(시), 수필과비평작가회, 한맥문학가협회, 원석문학회, 태사문학회, 수향회, 오우회, 초등학교 교사 역임. 수필가, 시인, 소리꾼, 화가, 기자. uj945@naver.com

작은아버지

권태숙

영정 속의 작은아버지는 20년은 젊어 보인다. 볼살도 있어서 광대뼈가 두드러지지도 않았고 화사한 넥타이와 군청색 정장이 잘 어울려 예식장에라도 온 모습이다. 온화한 표정이 "그래. 태숙이 왔구나. 반갑다." 하시는 것 같아 울컥 눈물이 났다. '좋은 곳으로 가이소. 작은아부지. 이제 다 가셨네예. 의지할 데도 의논할 곳도 없네예.'

작년 4월 엄마 제사를 지내러 대구에 왔다가 죽을 드신다는 얘기를 듣고 영천시 화산면 댁으로 찾아뵈었다. 숙모 가시고 5년이 되도록 혼자 사신 숙부는 정신은 초롱하게 맑지만 몸은 안타깝도록 노쇠한 모습이었다. 다리는 그야말로 뼈 위에 살갗이 덮인 것처럼 보였다. 사촌 올케가 먹을 것을 마련해 놓고 가면 동생이 퇴근해 옆방에 자며 아침 식사를 챙기고 출근한다고 했다. 오래 전 우리 애들이 초등학교 방학 때 와서 모기와 전쟁을 치던 일이며, 남편이 선거에 나갈 때 경산까지 와서 응원해 주시던 얘기를 하며 화기애애한 시간을 보냈다. "서너 달을 바깥출입 안 하셨는데 형님 오니 일어나시네요." 지팡이 짚고 마당까지 나를 배웅하시는 숙부를 보고 올케가 놀랐다. "지금 봤으니 이제 내 죽고 오면 되겠다." 하실 때는, "또 뵈어야지요." 했는데 결국 그 말씀이 예언이었다.

먼저 문상을 마친 막내 숙부네 동생 내외가 반긴다. "아무도 안 우는데 언니만 우네." 아흔일곱 살에, 이 년 가까이 병석에 계셔서 소위 말하는 호상이라 상가 분위기는 밝다. "내가 작은아부지 좋아했어. 말씀은 잘 안 해도 자상했지. 참, 올케는 혼사 치르고 돌아서자 큰일 치네." 옆에 있는 올케한테 조카 결혼에 못 온 인사를 했다. "그러게 말입니더. 근데, '혼사 잘 치르고 왔심더.' 하고 말씀드렸더니 아버님이 팔을 번쩍 들어 만세하시대요. 그라고는 밤중에 주무시다가 가셨어예." 결혼식 후에 가려고 기다리셨나 보다. 아들 힘 안 들게 하려고. 다들, 입을 모았다.

어제, 작은 외할아버지 돌아가셨다고 말하자 큰애는 "아, 외할아버지와 닮은 분이요?" 했다. 일곱 형제 중 제일 아버지와 닮은 숙부는 여섯째였다. 둘째인 아버지와 할아버지와 함께 외모나 성품, 책을 좋아하는 부분까지 닮았다. 아버지가 대구에서 돈 벌어 논 사주고 할아버지를 모시게 했다는 말을 들었다. 할아버지께 한학과 풍수를 배워 길일 잡고 묏자리 보는 일로 근동에까지 알려지셨고 부수입으로 종손從孫들에게도 만 원짜리 쓱쓱 잘 주셨다.

60년도 넘은 옛날 내가 초등학교 다닐 때, 누구를 따라왔었는지 기억에 없지만 여름 겨울 며칠씩 작은집에 머물렀던 생각이 난다. 이웃 친척집에 숙부 손을 잡고 갔을 때, "대구 부동댁 딸내미구나. 그리 공부 잘한다메." 하고 기특하게 보면 나는 계면쩍어 하곤 했다. 딸이 없는 숙부가 평소에 내 자랑을 했던 모양이다. 깜깜한 시골길을 걸으며 앞도 보이지 않는데 어떻게 집을 찾아가는지 이상했던, 멍석에 앉아 옥수수를 먹으며 매캐한 모깃불에 눈물 흘렸던 여름밤들이 있었다. 음력 대보름 즈음, 왕고모네 가서 갖가지 강정들을 먹으며 음식 솜씨가 뛰어난 아지매(왕고모의 며느리)는 비녀

지른 맵시도 참 곱다고 생각했다. 오빠들 따라 연 날리는 벌판을 뛰어다니던 겨울날은 훈훈했다.

23년 전 아버지가 아흔에 돌아가셨을 때, 내 부탁으로 꽃상여를 장만하여 산소 가는 길을 아름다운 추억으로 남게 해 준 작은아버지는 그때부터 집안 대소사에 길잡이가 되셨다. 문중 산소들을 정리하고 후손들이 벌초하는 일을 줄여 주셨다. 엄마 장례를 마치고, "이제 나만 남았구나." 쓸쓸히 돌아서시던 모습이 영화의 마지막 장면처럼 남았다.

"누나, 멀리서 이리 와 줘서 고마워요." 하며 차비를 주는 동생의 손을 뿌리쳤다. "아니야. 발인을 못 보니 아쉽네. 내일 잘 모셔."

영천역으로 가는 택시에 오르며 한 번 더 작은아버지 영정을 뵙고 오지 않은 것을 후회했다. 동대구역으로 가는 무궁화호는 평일이라 승객이 띄엄띄엄 앉았다. 차창 밖은 비닐하우스로 가득 찬 밭들이 대부분이다. 그래도 누런 벼 그루터기만 남은 텅 빈 논이 가끔 시야에 들어온다. 그 옛날 여름, 작은집 앞 논을 바라볼 때 초록색 비로드가 끝없이 깔린 것 같다고 느꼈는데 그 풍요로운 아름다움은 이렇게 허전한 쓸쓸함으로 바뀌었다.

집안에서 내 윗대는 모두 가셨다. 선대는 우리의 뿌리였고 그들이 없는 지금은 저 그루터기만 남은 허허벌판 같다. 모르는 것이 있을 때 가르쳐 줄 어른도, 잘했다고 등 두드려 줄 분도 없다. 식민지의 아픔, 전란의 고통, 온갖 어려움 속에서도 후손들을 잘 지키고 가르쳤던 그들이 가고 우리가 저절로 배턴을 잇는다. 잘한 일도 못한 일도 우리의 책임이다. 다음 세대를 이끌어 주는 것도 우리 몫이다.

이 겨울이 가고 봄이 오면 논바닥은 뒤집어지고 벼 밑동은 거름이 될 것이다. 모내기를 하고 나면 들판은 또다시 푸름으로 융성하겠지. 윗대 어른들도 밑동으로 떠났을 뿐이다. 우리도 언젠가 밑동이 되겠지.

서울행 KTX를 타려고 동대구역 플랫폼에 내렸다.

권태숙

1999년 『계간수필』로 등단, 수필집 『그녀의 변주곡』, 『제주, 바람이 걸어오다』(공저). 동인지 다수, 서울에서 중등학교 국어교사 역임, 현 『계간수필』 편집주간. shine607@daum.net

나의 왼손

권해솜

나는 초등학교 1학년 때까지 완벽한 왼손잡이였다. 글씨를 비롯해 대부분을 왼손이 담당했다. 엄마도 아빠도, 내 초등학교 1학년 담임도 오른손 글쓰기를 강요하지 않았다.

해가 지나 2학년이 되고 나니 그때 담임이 오른손을 권유했다. 어려서 그랬을까? 왼손을 고집하지 않고 바로 선생님이 보는 앞에서 오른손으로 바꿔 버렸다.

그때 난 어쩌면 피곤한 상태였을지도 모른다. 누군가와 대화를 못 할 정도로 내성적이었고, 질문은 그게 뭐든지 간에 다 불편했다. 왼손잡이인데다가 학교는 또 남들보다 빨리 입학한 나. 같은 반 아이들은 나보다 머리 하나는 컸고, 개월상 나랑 1년 정도 차이 나는 애들은 더더욱 그랬다. 그놈의 띠도 동급생과 달랐으니, 뭔가 특이하거나 어울리지도 않고, 이상한 아이라고 스스로 생각했다. 솔직한 성격 덕에 같은 학급 애들한테 '언니'라고도 불렸다. 같은 나이로 느껴지지 않아서 적응도 힘들고.

아무튼 왼손에서 오른손으로 글쓰기라도 바꾸니 "너 왼손잡이네!"란 말은 듣지 않아 아주 조금이나마 편했다.

하지만 글쓰기 외 다른 것들은 오른손 적응이 쉽지 않았던 것 같다. 예를 들어, 밥을 먹을 때 말이다. 명절이나 제사가 있어 큰아버지 등 집안 어르신들과 식사하다 보면, 순간 어르신들은 하던 행동을 멈추고 나를 빤히 쳐다보셨다. 왼손으로 밥을 먹고 있는 내 모습 때문이었다. 내가 따가운 눈빛을 감지하고, 눈치를 살피며 왼손에서 오른손으로 수저를 옮기고, 또 그 옮긴 손으로 밥이며, 반찬이며 뜨고 나서야 어른들은 다시 수저를 드셨다.

자타의 노력에도 불구하고 내가 온전히 모든 활동을 오른손으로만 하고 있다고는 말할 수 없다. 칼질, 가위질, 자로 줄 긋기, 라켓 들기, 당구, 칫솔질은 왼손, 공 드리블과 볼링공은 오른손을 쓴다. 공 던지기는 왼손과 오른손이 비슷하다. 익숙하지 않은 것을 배우거나 시작할 때는 좌우를 시도해 보고 편한 쪽을 고른다.

사회 통념상 혹은 나에게 주어진 주변 분위기상 나는 왼손을 눈에 띄게 쓰지는 못했을 뿐이다. 세상이 달라졌다고는 하지만 여전히 왼손을 쓰는 나를 보면 사람들이 한 번 이상을 물었다. "왼손잡이였어?"라고 말이다. 귀찮다 못해 차라리 그 질문을 듣지 않기 위해 나도 모르게 왼손 사용을 자제했다. 누르고, 억누르고, 억제했을지도 모른다.

그런데 몇 년 전, 내 왼손에 생각지도 못한 능력이 있음을 발견했다. 오랜 시간 잠잠히 있을 것을 강요당했던 왼손은 어린 시절을 기억이라도 하듯 활자와는 무관한 작업에 능했다.

코로나19가 창궐할 때쯤 다니던 회사를 관두고 쉬고 있었고, 그

때 주위 어르신들의 권유로 서예계에 입문, 붓을 잡았다. 그냥 하는 거 없이 선생님 옆에서 먹 갈고, 선배님들이 숙제로 가지고 온 글씨 구경만 할 줄 알았는데 작품을 써야 할 상황과 맞닥뜨렸다.

서예 입문 3개월 남짓. 회원들이 함께 전시하니 작품을 내야 한다고 선배님들이 일러 주셨다. 먹만 갈기만 할 줄 알았는데. 낫 놓고 'ㄱ' 자도 모를 까막눈이지만 나름의 경험으로 생각했다.

스승인 하석 박원규 선생님으로부터 체본(體本, 서화를 배우는 사람이 따라 쓰거나 그리게 하려고 가르치는 사람이 써 준 글씨나 그림)을 받아 작품을 내기로 했다. 선생님께서 찾아주신 글은 『중용』 제17장의 핵심어인 대덕大德이었다. 선생님은 광개토대왕릉비에 쓰인 서체로 굵직하게 써 보라고 나만의 목표를 설정해 주셨고, 크고 굵직하게 쓴 '대덕' 글씨 양옆에 방서傍書(글씨를 쓴 사람의 소회를 적은 글)로 쉽게 써 보라며 체본을 완성해 주셨다.

한글도 아닌 옛 서체의 한문은 글로는 받아들여지지 않았다. 그저 나에게 그림에 불과했다고나 할까? 선생님 글씨를 따라 집에서 며칠을 쓰고 또 써 보아도 붓끝에 힘이 붙지 않았다. 재미 삼아 왼손으로 붓을 들었다. 뭔지 모르게 그냥 마음이 편했다. 물론 대가나 다른 선배님들만큼 멋진 솜씨는 아니었지만, 적어도 내 눈에 나빠 보이지 않게 체본을 따라 썼다. 무엇보다 심심하던 내 왼손이 신나게 노는 듯 굵직하게 큰 글씨를 썼다. 반면 일반적인 서체로 쓴 방서는 오른손으로 썼다. 심적으로 이 부분은 정확하게 글씨로 받아들여져서 이제껏 글씨를 써 왔던 오른손이 더 좀 익숙해서였다.

왼손과 오른손으로 혼합해 여러 장의 글씨를 써서 선생님께 골라 달라며 서실에 갔다. 아니나 다를까. 선생님은 볼 것도 없이 왼손으로 쓴 작품을 고르셨다. 왼손은 어릴 적 천진한 아이라면, 오른손은 현재를 사는 어른이라고 표현할 수 있지 않을까.

내 오른손은 사회 적응과 함께 글, 문서 등 뭔가 지적인 영역을 탐구했다. 오른손으로 모든 활동을 이양하려고 노력했다. 성장하면서 그림을 그리거나 창의적인 활동 빈도는 성적 경쟁 사회에 들어서면서 줄어들었다. 알록달록한 크레파스, 색연필, 물감 대신 검정, 파랑, 빨강 볼펜 혹은 형광펜 등이 필통을 채웠다. 교과서 혹은 문제집에 나온 문장 아래 줄 긋기, 동그라미, 별표, 돼지 꼬리가 나름의 창의적 활동이었을 것이다.

최근 다니던 회사를 관뒀다. 한 직장에 오래 다니는 삶을 추구했던 어르신들이라면 내 행보가 이상하게 느껴지겠지만…. 또 일을 저지르고 말았다. 이번에는 당분간일지 모르겠지만, 활자와의 이별도 고했다. 긴 시간 글쟁이로 살았으니, 직업도 바꿀 수 있으면 바꾸고도 싶다는 생각도 해 보았다. 매일 쫓기는 삶이 숨 막혔고 이제는 좀 적당히 좀 할 수 없을까 하는 바람.

퇴사와 함께 곧바로 돌입한 내 소소한 활동이 오래된 가방에 색을 칠하는 작업이었다. 또다시 잠들어 있던 내 왼손이 신이 나서 색칠에 몰입했다. 색채를 따라가며 자유를 만끽하는 나의 왼손, 이번에는 더욱 더 격렬하게 해방됐음을 느꼈다. 내 몸이 그저 내

몸 같겠지만, 어쩌면 아닐지도 모른다. 몸의 좌우 생김새가 다르듯 기능과 능력이 다르듯 서로 다른 개체들이 모여 내가 있는 것은 아닐까. 그래서 사람의 몸을 우주에 비유하나 보다.

지금까지 억눌려 살았으니, 왼손이 가지고 있는 능력을 최대한 발휘할 수 있는 그런 삶에 다가갈 수 있으면 한다. 왼손의 놀라운 능력 발휘는 지금부터가 아닐까.

권해솜

전 MBC보도본부 작가, 전 이투데이PNC, 데일리임팩트 기자, 현 국제사이버대학교 인터넷방송학과 교수. 9090ji@gmail.com

맛의 종점

권혁수

음식은 입으로 먹는 것이지만 눈이나 코로도 먹는다고 한다. 나는 거기에다 추억追憶으로 먹는 것을 하나 더 포함하고 싶다.

문득 누군가 생각나는 날, 그 누군가와의 사연을 생각하며, 그날의 맛을 음미하는 추억의 음식이랄까. 그런 음식은 대개 고향에 있다 하여 추석에 고향을 찾는 귀성길은 어쩌면 내 안에 잠재해 있는 추억의 맛을 찾아가는 정기적 단체 여행이 아닐까 싶다.

사정상 고향에 가지는 못해도 나 역시 가을이 되면 어린 시절의 꿈을 꾸거나 회상에 젖곤 한다. 회상 가운데는 즐거웠던 일뿐 아니라 쑥스럽고 창피했던 기억까지도 아름답게 느껴지는 것이다.

심지어 어머니에게 '밥이 질다'거니, '왜 우리 밥상은 매일 초원이냐'거니 밥투정에 반찬 투정까지 심술부리던 철없던 시절도 그립다. 그런데 그때 그렇게 먹기 싫어하던 밥이나 반찬을 이제 와서 다시 열심히 찾아 먹는 것은 도대체 무슨 심보일까?

올 추석에는 아내가 시장을 보러 나가다 그만 아파트 계단에서 다리를 다쳐 송편을 빚지 못했다. 어머니가 그러셨듯이 아내도 매년 방앗간에 가서 떡쌀을 빻고 식탁에 앉아 도란도란 송편을 빚곤 했는데 올핸 그러질 못했다. 대신 동서가 택배로 떡 전문점에 주문해서 모시송편을 보내 왔다. 나름 맛이 있었지만 역시 내 손으로 빚어야 제 맛인데 아쉬웠다. 더 아쉬운 것은 콩 송편을 빚지 못한 것이었다. 어릴 때는 깨 송편을 좋아해서 콩 송편은 거의 어머니 차지였는데 웬일인지 이제는 콩 쪽으로 손이 먼저 간다. 콩이 더 맛있다는 걸 이제야 안 것일까, 아니면 어머니에 대한 죄스러움과 그리움 때문일까. 모르겠다. 하여간 어머니를 추모하며 졸렬한 단상斷想 한 줄 그려 본다.

낙엽의 가을 여행은 종점이 없다
흩어지고 모이고 다시

걸어도 걸어도 닿을 수 없는
미운 사람도 그리운 마을, 그 집

정화수井華水 떠다 장독대에 올려놓고
솔향기 은근한 달빛송편 빚어 놓고

바람 바람 행길 건너 건너
가로등 아래 서 계시는 어머니가
종점이다

－「종점」권혁수

어머니가 그렇게 기다리던 사람 가운데 버선발로 뛰어나가 맞이하던 사람이 있었다. 바로 큰매형님이다. 지난해 작고하신 큰매형님은 생전에 계절이 바뀔 때면 으레 어머니를 모시고 막국수를 먹으러 춘천에 가곤 했었다. 젊은 시절엔 막국수를 곱빼기에 국수사리를 하나 더 얹어 드셨는데 여든이 넘어서면서는 소화가 힘들다며 보통을 시켜 드셨다. 그마저도 가위로 반을 잘라 반 그릇만 드셨는데 그래도 계절이 바뀔 때면 막국수 맛 순례를 거르지 않으셨다.

하지만 큰매형님은 보리밥은 절대 드시지 않았다. 가난한 시절에 질리도록 먹어서 보기만 해도 목구멍에 신물이 올라온다고 손사래를 치셨다. 추억도 다 같은 추억이 아닌가 보다. 아이러니가 아닐 수 없다.

그리고 보면 추억이란 길들여지는 것인지도 모른다. 지인 K네는 집에서 김치를 '전라도식 김치'와 '서울식 김치', 두 가지로 만들어 먹는다고 한다. 아버지는 서울 토박이고 어머니는 전라도 어느 바닷가 마을이 고향인데 아버지가 젓갈이 많이 들어가는 전라도식 김치를 싫어하고 오로지 슴슴하게 담근 서울식 김치만 고집해서 그렇다고 한다. 김치 종류에 서울식 김치가 별도로 있는지는 모르겠지만 어떻든 그 덕에 K는 어려서부터 두 지역의 별미 김치를 다 맛있게 먹게 되었다고 한다.

나 역시 돌아가신 어머니가 해 주셨던 호박범벅 맛을 지금도 향기롭게 기억하고 있다. 하여 지난해 가을에는 텃밭에서 딴 늙은 호박으로 범벅을 만들어 먹자고 아내에게 제안을 했다. 하지만 아내는 고개를 가로저었다. 아내는 범벅 대신 호박죽을 쑤었다. 호박

죽을 먹으며 '아, 장모님께서 전수해 준 죽 맛이 이 맛인가 보다!' 하고 음미하며 먹었던 기억이 있다.

어쩌면 음식은 우리에게 가장 유용하고 친근한 전통유산이 아닐까 싶다. 우리 몸에 피가 되고 살이 되는 것이기에.

그에 걸맞은 음식 전수에 대한 스토리가 또 있다. 1983년, 미국 이민 가정의 애환을 극화한 영화 〈미나리〉가 그것이다. 아카데미 조연상을 받은 윤여정(순자 역)이 미국에 이민을 가서 채소 농장을 하는 아들네 가족을 찾아가 한 보따리 싸 가지고 간 한국 음식을 손자들에게 먹여 주고 함께 농장 인근 개울가로 나가 미나리 씨앗을 심는 장면은 이 영화의 압권이다.

해외 동포들의 마음에다 우리의 맛을 심어 주는 의미 깊은 메시지가 아니었나 싶다. 아울러 미국 자체가 해외 이주민 사회다 보니 아마 그들도 깊게 공감하여 그녀에게 아카데미상을 주지 않았나 싶기도 하다.

아닌 게 아니라 서양인들 역시 우리와 정서가 다르지 않은 것 같다. 안톤 체호프의 소설 『나무딸기』를 보면 주인공 니꼴라이 이바늬치는 일생 동안 극도로 절약하고 돈 많은 과부와 결혼까지 하여 마침내 영지를 구입하였는데 그 영지에다 딱딱하고 시큼한 20그루의 나무딸기를 직접 심는다. 그 이유는 어린 시절에 따먹었던 그 나무딸기의 맛이 그리워서였던 것이다.

나도 J란 초등학교 때 친구와 대추를 따먹던 기억이 가을만 되면 솔솔 떠오른다. 방과 후에 그 친구네 집 대추나무에 올라가 아슬아슬 손을 뻗어 가며 따먹었던 그 붉고 단단한 대추의 식감과 달콤한 맛. 하지만 애석하게도 그 대추의 맛은 이제 다시는 맛볼 수 없게 되었다. 친구는 직업상 멀리 다른 고장으로 이사를 갔고 대추나무는 동네가 아파트 단지로 변모하는 바람에 베어져 버린 것이다.

아쉽다. 그래도 가을이 다 가기 전에 춘천엘 한 번 다녀와야겠다. 그 대추나무는 없어졌지만 그곳에 가서 막국수도 먹고 고향을 지키고 있을 친구들과 밤늦게까지 수다를 떨어 가며 먹었던 닭갈비도 몇 대 뜯어 보고 싶다.

권혁수

1981년 강원일보 신춘문예 소설 당선, 2002년 계간 『미네르바』 시 등단, 2009 서울문화재단 젊은예술가지원 선정(시부문), 한국현대시인협회 작품상, 시집 『빵나무 아래』, 『얼룩말자전거』.
kwonq1206@naver.com

어른

가로등이 저만치 있으니 보이지 않겠지. 머릿속은 콘서트홀이라도 된 듯 음향 가득 행복한데 참아 볼 새도 없이 눈물이 흘렀다. 내이어폰에서 〈어른〉이라는 노래가 퍼진다.

> "경직된 인간들은 다 불쌍해. 살아온 날들을 말해주잖아. 상처받은 아이들은 너무 일찍 커버려. 그게 보여. 그래서 불쌍해."

노래 전에 나오는 이 대사는 내 몸 어느 감정선을 건들여 주곤 했다. 이 곡에 대해 누군가에게 물어보았다. 슬프냐고, 아니라고 했다.

평범한 시민인 회사원과 불행한 환경의 영악한 젊은 여자 이야기 〈나의 아저씨〉. 성숙함이 묻어나는 슬프고도 아름다운 드라마였다. 사회의 부조리와 인간의 진실성과 비열함을 느끼며 살아가야 하는 사람의 이야기, 조금씩 진실을 알아가는 이야기. 그래서 나는 그 대사와 노래가 늘 뭉클했다.

경직되고 상처받은 인간들, 철이 일찍 든 인간을 보는 일이 왜 슬픈가. 불리한 쪽에 서 있는 약자의 숨은 방편이 보여서일까. 부당한 대우를 덜 받으려고 눈치로 망을 보아서일까. 인생은 이런 것인가라는 의문을 품고 방법을 나름 찾아야 하는 처지라 영악해 보여서일까. 자신이 편해지기 위해 이해의 편에 서서 접점을 찾고 그 접점이 상대 쪽에 가까워 마음은 늘 허허로워서일까. 해결해야 할

일들이 어른의 세계에 있는 것이라 아이의 세계를 건너뛰어 어른의 방식으로 행동해서일까.

철이 든다는 것은 행복이 끌고 가는 마차에서보다 인고의 힘이 끌고 가는 손수레일 때가 많다. 그래서 슬프다. 주위의 환경이나 사회는 모른 척 지나갈 뿐, 무게로 따져도 무거울 것이어서 우울함이 어딘가 깊숙이 가라앉아 있으리라.

감성 쪽으로 예민하면 이성으로 지켜야 하는 과정에는 늘 함정이 있다. 나는 어릴 적 아버지의 재떨이가 늘 궁금했다. 하루치의 담배꽁초가 있었다. 저게 무얼까. 한 행동의 맥락을 짓고 싶을 때나 한숨을 고를 때마다 피는 저 무엇. 나만 남겨진 집에서 꽁초에 불을 붙여 보았다. 입에 대 보았고 들이쉬어 보았다. 그 뜨겁고 싸한 맛에 놀라 얼른 꺼 버렸던 일, 그러나 결론을 이미 알고 있는 것들과 사전지식은 늘 나를 지켰다. 저게 무엇이길래. 술 취한 아버지를 보는 것도 그랬다. 어른에 대한 실망이 너무 클 때는 반항적인 맘도 가져봤지만 나는 '좋은 어른이 되려면 이러면 안 되지.'라는 생각을 했다. 결핍이 분노를 조절하지 못할 때면 울어 버렸다. 그때 '다 지나가리라.'라는 뜻은 몰랐지만 '내가 커서 독립할 때까지는 내 일에 성실하자.'였다. 그래야 내 인생이 나아질 거라 믿었다. 가족은 기쁨과 슬픔을 조금씩 공유해야 했고 공유한 고통에 연민을 가져야 했다. 누군가가 쉽게 이해되는 것이 때론 싫었지만 지금 생각해보면 좋은 점이 많듯 철이 든다는 것은 행복한 일은 아니지만 나쁜 것만은 아니었다. 그래서 〈어른〉이라는 노래가 가슴을 울리고 머리를 울린다. 나 또한 어른이 되었는가.

심리학자 아들러의 이론을 빌리자면, 좋지 않은 행동을 한 사람은 변명하기 위해 힘듦을 뒤져서 변명거리를 꺼내는 거라고 했다. 과거는 영혼에 기록한 문신 같은 것이라 언제라도 떠오르는 것이지만 그래도 우리는 과거를 기억하고 현재를 건너 미래로 가려 하는 것이다.

 도시의 아파트 불빛이 별빛처럼 황홀하다. 돌아오는 하늘의 저 비행기도 움직이는 별빛이다. 나무는 저마다 제 낯을 표현하고 갈대가 물 옆에서 꼿꼿하다. 사람들의 걸음은 삶을 사랑한다는 듯 씩씩하다. 숨을 몰아 한숨을 내뱉고 탁한 피를 빠르게 돌리며 하루를 마무리하고 있다.

 〈어른〉이라는 노래는 가슴 아픈 노래인데 나는 왜 이 노래가 그리 좋은지, 눈물이 나는 이유를 알겠다.

권현옥

2001년 『현대수필』 등단, 『현대수필』 편집장 역임, 한국문인협회 회원, 북촌시사 회원. 수필집 『갈아타는 곳에 서다』, 『속살을 보다』, 『속아도 꿈결』, 『말하고 싶은 것과 말하고 싶지 않은 것』. 수필 선집 『귀지 파는 법』 외 1권. doonguri@hanmail. net

소설 · 동화

감잎이 지던 날

권순악

가을 하늘이 퀭하니 환자의 눈같이 까칠해 보였다.

준호 노인은 겨우 자리에서 일어나 안방 문을 열었다.

한 삼십 년 전일까, 무릎 관절염으로 걷지를 못하고 자리에 누워서 세월만 보내고 있다. 이젠 늙어서 기력도 없다. 어서 죽기나 했으면 좋으련만 그것도 뜻대로 되지 않는다.

입맛도 없어 밥을 먹기가 싫으니 몸은 더욱 축이 났다.

오늘이 어머니 제삿날이라 마음만 바쁘다.

돌아가신 지 벌써 수십 년, 세월이 참 빠르기도 하다.

벌써 나이 여든여덟, 실감이 나지 않는다. 죽을 때가 되었는데도 죽지도 못하고, 어머니 제삿날이건만 준호 노인이 할 거란 아무 것도 없다. 지방과 축문을 써야 하는데 그것마저도 쓸 수가 없다. 벼루를 찾아서 먼지를 털고 축문 쓸 백지를 찾아 놔야 하는 데 몸을 마음대로 움직일 수가 없으니 딱한 일이 아닐 수 없다. 죽고 싶어도 죽지 못하고 몇십 년 동안 병들어 이 지경으로 누워만 있으니 식구들에게 큰 죄를 짓고 있는 거라 생각이 들었다. 죽지 못하는 팔자가 원망스러웠다. 그러니 자식들, 특히 며느리들 보기가 민망스러웠다.

오늘이 어머니 제삿날이라고 아침에 할멈이 갈아입힌 하얀 바지 저고리가 유난히 깨끗하게 보였다. 준호 노인은 하루 종일 밖을 내다보는 것이 유일한 낙이었다.

마당가 감나무 가지에 빨갛게 익은 감이 가지가 휘도록 주렁주렁 매달려 있다. '저 감을 따야 하는데…' 좋아하는 저 감 하나 제대로 따먹지 못하고 죽는가 싶다. 어렸을 때 어머니는 생감을 항아리에 넣었다가 눈보라 치는 겨울에 익은 홍시를 꺼내 주셨다. 그때 그 시원하고 단맛은 말로 표현하기가 어려웠다. 오늘따라 빨갛게 익은 감이 눈에서 떠나지 않는다.

아침에 서둘러 할멈은 읍내 장엘 갔다.

한낮이 기울어서야 장에 간 할멈이 장감을 이고 들어온다.

"아이고 힘이 든다."

할멈이 머리에 이고 온 장감을 무겁게 마루에 내려놓았다.

"뭘 많이 샀길래?"

"뭐 산 것도 별루 읎슈."

이것저것 내려놓는다.

사과, 배와 생선 몇 마리, 고기 몇 근에 나물이다.

"과일이나 제사 음식은 둘째 애가 사 올 텐데. 무겁게 왜 샀어?"

한낮이 기울었다.

기다리던 애들이 오는가 보다. 인기척이 났다.

큰아들 경수다. 제사 임박해서 오던 애가 오늘은 무슨 일로 일찍 왔다. 반갑다. 서울에서 조그마한 회사 사장으로 있다고 한다. 말만 들었지 한 번도 가 보지 못하였다. 차가 있으니 억지로라도 태워서 회사 구경을 가자고 할 수도 있는데 말 한마디 없는 게 서운했다. 자식 집 구경도 못 하였다. 죽을 때까지 자식들 사는 집에

한 번도 가 보지 못하고 안방에만 죽쳐 있는 자신이 한심스러웠다.

큰아들 경수는 나이 사십이 넘어가는데 자식이 없다. 손자가 보고 싶다고 해도 들은 척 만 척이다. 더구나 장손이니 어쩔 거냐고 해도 못 들은 체한다. 이번에 오면 단단히 따져 보기로 마음먹었다. 나이는 먹고 후손이 없으니 따져 물을 작정이었다. 낳지를 못해서 그렇다면 몰라도 자식이 필요 없다니, 그게 말이 되는 소린가. 가문이 끊어지는 일인데 그런 생각을 못 하고 있으니 걱정이 이만저만 아니다.

준호 노인은 큰아들과 큰며느리에 불만이 너무 많았다. 또 괘씸한 것은 명절 때나 오늘 같은 제삿날에도 맨손으로 오는 것이다. 집에 갈 때 몇만 원 불쑥 내놓고 가면 그만이다. 며느리 농간인데 뭐랄 수도 없다.

아들 녀석이 제 여편네 속을 따르는 것이 지지리 못나 보였다. 아들 며느리가 다 못 배웠다면 그러려니 하겠는데 이건 좋다는 대학까지 나왔다는 놈들이 저 모양이다. 더구나 며느리는 학교 선생이라 한다.

오늘도 그렇다.

모처럼 왔는데도 불쑥 "안녕하슈."라고 인사 한마디하고 밖으로 나갔다.

아버지 건강은 좋아지셨느냐, 엄마는 고생이 얼마나 많으시냐는 인사도 없다. 세차를 핑계 대고 대화할 자리를 자꾸 피한다. 그래도 며느리나 아들을 안 보면 궁금하고 보면 속이 상했다.

세차를 부부가 같이 하는 것도 아닌데, 되도록 아버지와 대화할 기회를 갖지 않으려는 것이 어제 오늘의 일이 아니었다. 세차를 하고 왔는데도 시골길이라 먼지가 많다고만 투덜댔다. 제사가 끝나면 바로 서울로 가야 한다면서 벌써부터 서두르는 기색이다.

며느리는 부엌으로 들어가기는커녕 제 남편 뒤만 졸졸 따라다닌다. 늙은 할멈은 혼자 부엌에서 떨그럭거리며 일을 하고 있다. 말한마디 안 하는 저 할멈의 속은 얼마나 썩겠는가.

둘째 아들 경배를 눈이 빠지게 기다렸다.

부산에서 살기 때문에 항시 늦었다.

둘째 아들과 며느리는 집안일을 잘 돌보아 준다. 언제나 집에 오면 오자마자 부엌으로 먼저 들어가는 것이 무엇보다 예뻤다. 그리고 여기저기 널려 있는 주변을 잘 정리하고 청소도 잘 해 주었다.

해가 뉘엿뉘엿 지기 시작한다.

가을 해는 점점 짧아 갔다.

전에는 제사를 밤 열두 시 전후해서 지냈으나 몇 년 전부터는 초저녁에 지내기로 하였다. 생활에 편리하고 시속을 따르자고 하였다. 자식들이 다 객지에 사니 그게 편하였다.

축문을 써야 했다. 일찍 써 두는 것이 정성이라 생각하였다.

경수를 불렀다.

"큰애야, 이리 와서 축문을 써야겠다. 나는 이제 축문도 못 쓰겠다."

그동안은 그래도 준호 노인이 쓸 때도 있었다.

"예! 축문요? 한 번도 안 써 보았는데요."

"그래서…?"

"한 번두 안 써 봐서…."

말꼬리를 흐린다. 못 쓰겠다는 거다.

"그러면 네 아내를 불러라."

"왜요?"

"네 대신 쓰야지."

며느리가 마루에 걸터앉는다.

"며늘아가, 네가 축문을 대신 써라. 네 애비는 그것도 못 쓴다."

"저도 못 써요."

"아니, 대학까지 나오고 직장에서 상관 노릇 하면서 축문 하나 못 쓰다니, 이게 말이 되니! 초등학교만 나와서도 남들은 축문을 잘 쓰더라."

"안 써 보면 못 쓰죠."

'아이구, 이 한심한 것들.'

입 밖으로 나오는 말을 가까스로 참았다.

"그러면 축문 없이 제사를 지내니?"

"경배가 오겠지요."

둘째 아들이다.

"경배는 늦는다고 했다."

경수는 우두커니 앉아 있었다.

"내 불러줄 테니 빨리 써 봐라."

준호 노인은 말하기도 힘들었으나 일부러 반 명령조였다.

"저기 벼루 이리 가져와."

경수는 벼루를 아버지 옆으로 가져왔다.

"연적 물을 따라서 먹을 갈어라."

"붓글씨를 못 쓰니 싸인펜으로 쓰면 안 되나요?"

"뭐라구, 싸인펜으로 써!"

며느리가 바싹 다가앉으며 말대꾸를 한다.

"아버님, 내년부터는 컴퓨터에 입력했다가 출력을 해요. 그게 좋겠어요."

"뭐라고! 이 못된 것들."

준호 노인은 소리를 버럭 질렀다.

"빨리 먹 갈고 써. 내 불러 줄 테니."

누가 알까 창피한 일이다.

경수는 먹을 갈기는 하는데 붓글씨는 써 보지를 않았다.

"자, 써라. 유세차….."

"예? 뜻도 모르겠네요."

"제사 한두 번 지냈니? 며느리 너도?"

"……."

어이없는 일이다.

"싸인펜으로 쓰건 붓으로 그리건 뜻이나 알아라."

준호 노인은 천천히 축문 내용에 대하여 설명을 하였다.

경수는 난감했다.

축문 뜻보다도 제사가 더 못마땅했다.

아내가 제사는 필요 없다고 강조한 것이 경수 머리에 박혔다.

"큰애야."

준호 노인은 마음을 가라앉히고 경수를 불렀다.

"축문은 한 편의 아주 훌륭한 시다. 짤막하고 내용이 깊은 시다.

이런 것을 모르면 어떻게 하니! 몇백 년을 내려온 우리나라 제사 전통이다."

"며늘아가, 너는 알겠지. 영문과를 졸업했다니⋯."

"영어에는 제사도 없고 축문도 없어요."

"며늘아가야, 너도 붓글씨 못 쓰니?"

"네."

당당한 대답이다.

"이러지 마시고요. 아버님⋯."

며느리가 투정 반 응석 반으로 말한다.

"음식도 차리시기 힘드시니 오늘부터 차리지 마시고 추도식으로 하세요. 그게 서로가 편해요."

준호 노인은 말문이 막혔다.

이를 어쩌면 좋단 말인가.

"긴 말 말고 받어써."

준호 노인은 숨을 가다듬었다.

"유세차⋯."

경수가 난감한 표정으로 아내의 말을 받았다.

"아버지, 그러면 한글로 씁니다."

"한글로 쓰든지 영어로 쓰든지 맘대로 해라. 이 집안 망칠 놈들아."

준호 노인은 탈진해서 돌아누워서 눈을 감았다.

한참 뒤에 말을 이었다.

"다 썼니?"

대답이 없다.

"읽어 봐라."

"유세차만 한글로 쓰고 못 썼습니다."

"왜 유세차만 써? 넌 이 집 장남이다!"

경수는 잠자코 있었다.

"축문 하나 못 쓰니?"

난감한 일이다.

얼마간 시간이 지났다.

기다리던 둘째 아들 경배가 왔다.

손자 둘을 데리고 찌그러진 대문 안으로 들어섰다.

"어머니 아버지, 늦었어요. 부지런히 온다고 서둘렀어도 늦었네요."

며느리가 어머니 손을 덥석 잡았다.

"오느라고 고생하였다."

"할아버지 안녕하세요."

손자 둘이 할아버지께 인사를 하였다.

"그래, 이 예쁜 것들아. 고생혔다."

준호 노인이 겨우 누운 자리에서 일어나 밖을 내다보았다.

반갑고 힘이 생겼다.

"아버지, 그동안…!"

"그래."

난 죽지도 못하고 여전하다는 대답이다.

경배가 아버지 손을 잡고 말을 잇지 못하였다.

준호 노인도 눈물이 핑 돌았다.

"그래. 죽을 때가 지난 줄 아는데, 그게 아직 아닌가 보다."

경배가 오니 집 안은 밝은 기운이 감돌았다.

이것저것 제사 음식도 많이 준비해 왔다.

경배는 아버지께서 옛날에 좋아하셨던 경주 법주와 25도짜리 독한 소주도 한 병 가져왔다.

"법주는 제사에 쓰시고 참이슬 소주는 머리맡에 두시고 바라만 보세요. 옛날 젊으셨을 때 즐겨 마셨던 술이니 추억을 생각하시는 것도 좋은 일입니다. 즐거운 추억은 생각할수록 건강에도 좋다고 합니다."

"그래, 고맙다. 그걸 관주라고 한다더라."

"예? 관주요?"

"바라만 보는 술, 바라보면 추억도 많다."

준호 노인은 기분이 좋아졌다.

울화가 치밀던 속이 다 풀렸다.

"이건 어머니 선물."

둘째 며느리가 값비싼 옷을 쇼핑백에서 꺼냈다.

"꼭 맞으실 겁니다. 이따가 입어 보세요."

"비싼 걸 왜 사왔어? 돈두 없으면서…."

"작년 그 치수니까 잘 맞을 겁니다."

"고맙다. 애들이 배 고퍼서 큰일이다. 빨리 제사 지내고 밥 먹자."

할멈과 둘째 며느리가 부엌으로 들어갔다.

"축문은?"

경배가 아버지를 보고 물었다.

경배는 그간의 상황을 눈치채고 바삐 먹을 갈고 붓을 들었다.

경배는 고등학교만 졸업하고 산업 현장에서 일을 하고 있으나 사리가 분명하고 성격이 시원시원하였다. 매사에 긍정적으로 최선을 다하는 성격이었다. 혼자 이것저것 책을 사다가 공부도 열심히 했다. 불평도 없었다. 일도 많이 하고 부모 시중도 잘 들어 주었다. 제 형의 학비도 농사일을 하면서 고생고생 뒷바라지를 하였다.

축문도 줄줄 잘 외워 썼다.

경배가 지방을 써 병풍에 붙이고 축문을 모사 그릇 옆에 놓았다.

준호 노인의 마음이 흡족하였다.

"지방은 종이로 된 신주다. 제사 때는 메밥 앞에 표시하는 거다. 축문은 자손의 뜻을 글로 말하는 거구."

멍하니 앉아 있는 큰아들 경수보고 말하였다.

경배가 촛불에 불을 붙였다.

할멈은 메를 준비하고 있었다.

준호 노인은 절은 못 하여도 가까이 앉아서 제사에 대하여 아들, 며느리들에게 이야기를 해 주고 싶었다. 오늘 아니면 말할 날이 없을 것 같다. 병이 점점 깊어 가는 것을 감지하고 있었다. 어쩌면 마지막 유언일지도 모른다. 자식들이 애비 속을 몰라줘도 이야기를 하고 싶다.

"애들아, 내가 좀 이야기를 할 테니 듣고서 제사 지내라."

준호 노인은 잠긴 목을 가다듬고 차분하고 느리게 말을 하기 시작하였다.

특히 큰아들 경수보고 제사에 대하여 또 설명을 해 주고 싶은 마음이다.

큰며느리는 마루에 멀거니 서 있었다.

"제사는 산 사람이 죽은 사람에 대한 예의다. 평상시와 같이 잘 잡수시던 음식을 상에 차려 놓고 절을 하면서 추도하는 거다. 일 년에 한 번 추모하면서 음식을 차려 드리는 것이다. 그게 뭐 잘못이냐? 음식 없이 추도하면 성의가 없는 거다. 어차피 가족들이 모여서 추도가 끝나면 음식을 먹을 게 아니냐? 그 음식을 조상께 먼저 드리는 것뿐이다. 산 자와 죽은 자와의 거리가 가장 가까워지고 거리가 좁아지는 날이 제삿날이고 성묘할 때다. 조상을 뵙는 날이니 자손들이 음식을 정성껏 차려 놓고 절을 하는 거다."

경수는 말없이 듣기만 하였다.

"제사상 음식 진열도 그렇다. 살아 계실 때와 같이 하면 된다. 밥이나 국은 고인의 맨 앞쪽에, 살아 계신 것으로 생각해서 그곳에 놓는다. 그래야 밥과 국을 잡수시기에 편한 게 아니냐. 그 다음엔 나물이나 채소, 포 등 어물들을 놓는다. 과일은 상 맨 끝 쪽, 다른 음식 다 잡수신 후에 드시는 후식이니 상 끝 뒤에 놓는 거다. 미신이다 아니다 따지는 것은 조상에 대한 추모의 정이 없는 사람들 말이다. 추도식이나 제사나 형태만 다른 것이지 뜻은 같은 게 아니냐? 큰애야 그렇지 않으냐?"

경수에게 다짐하듯 말하였다.

"예."

경수는 대답은 하나 별다른 표정이 없다.

"큰애야."

준호 노인은 이야기하던 끝에 한 가지 더 말하고 싶었다.

속마음으로는 큰며느리 들으라고 하는 말이었다.

큰며느리는 문지방 밖 마루에서 구경꾼처럼 서 있었다.

제사가 시작되었다.

"향로에 향을 피우는 것은 하늘에 계신 천신을 부르는 것이고, 모사에 술을 조금 따르는 것은 땅에 계신 지신을 부르는 것이다. 이렇게 천신과 지신을 강신하게 하고 제사를 지낸다. 무턱대고 절만 하는 것이 아니다. 하늘과 땅의 신이 있지 않으냐? 먼저 술 한 잔 드리는 거다. 그렇다고 귀신 섬기는 것이 아니다. 알겠느냐?"

제사상 양쪽에선 촛불이 너울너울 밝게 타오르고 있었다.

향냄새가 가득 풍겼다.

메를 올렸다.

큰며느리는 절도 하지 않고 마루에 서 있었다.

경배가 축문을 읽었다.

"유세차…."

천천히 잘 읽어 내려갔다.

준호 노인은 마음이 차분하게 가라앉았다.

어머니의 주름진 얼굴이 떠올랐다.

고생만 하시다가 가신 어머니셨다.

일어나서 꾸벅꾸벅 절을 하고 싶었다.

"날 부축해 봐라."

준호 노인은 한 번만이라도 절을 하고 싶었다.

두 아들이 아무리 부축을 해도 소용이 없었다.

"그만두자."

어쩌다가 이렇게 됐는가.

제사상을 쳐다보며 벽에 다시 기댔다.

몇 마디 말을 더 일러 주고 싶었다. 다급하니 말은 더 어둔하여졌다.

"제사상은 조상께 드리는 가장 친숙한 음식 차림이다. 평소에 잘 잡수시던 음식을 놓고, 또 제사 때 나온 제철 음식을 놓고 살아 계실 때 그대로 생각하면 된다. 자손의 정성이다. 추모의 마음에 음식을 차리는 것은 친절한 정이다. 음식에 정이 드는 거다. 축문은 컴퓨터에서 뽑아 써도 되고 복사했다가 써두 된다. 그게 얼마나 정성이 있느냐가 문제다."

유언일지도 모른다.

갑자기 며느리가 나섰다.

"아버님, 그게 다 미신입니다. 죽은 사람이 뭐 먹기나 하나요, 듣기나 하나요? 제삿날을 알기나 하나요?"

마루에 있던 큰며느리가 방 안으로 들어오며 말하였다.

"내가 지금 말씨름하자는 것이 아니다. 내 뜻을 전하여 주는 거다. 듣기나 해라."

"아버지, 힘드시니 그만하세요."

민망한 표정으로 경배가 말하였다.

준호 노인도 힘이 빠졌다.

"제사를 지내고 안 지내는 것은 자손들의 문제다. 죽은 사람이 뭐 알겠니?"

큰며느리의 말은 계속 되었다.

차갑고 단호한 목소리였다.

"내년부터는 제사를 지내지 마세요. 서울 제 집에서 추도식으로 할게요."

큰며느리의 당돌한 의지였다.

"뭐라고?"

"내년부터는 서울서 저희들이 지낼게요."

"안 된다. 내가 죽기 전에는 이 집에서 내가 보는 앞에서 지내야 한다. 내가 죽고 나서는 제사를 지내건 말건 알아서 해라. 내 목숨이 있는 한 쓰러져 가는 집일지라도 이 집에서 지내야 한다."

"저희들 뜻대로 할 겁니다."

"네 놈들은 이 애비가 죽으면 제사도 안 지내고 고향에도 오지 않을 놈들이구나. 못된 놈들!"

큰아들 내외는 제사상도 물리지 않았는데 밤중에 가 버리고 말았다.

준호 노인은 머리를 몽둥이로 한 대 얻어맞은 기분이었다.

"나를 눕혀라."

그대로 자리에 퍽 쓰러졌다.

엎친 데 덮친다고 다음 날 아침에는 어머니가 부엌에서 쓰러지셨다.

의식을 잃었다. 구급차를 불렀다. 읍내 병원으로 갔다. 극심한 빈혈과 과로에 부인병이 심하다는 진단이 나왔다. 빨리 수술을 해야 한다고 한다.

응급실에서 수술 시간을 기다렸다.

다음 날 늦게까지 수술이 끝나고 입원실로 왔다.

이젠 집에 아버지가 걱정이다. 누구 하나 돌볼 사람이 없다.

경배는 급히 내려온 형과 상의했다. 요양원으로 모시기로 하였다. 다른 방법이 없다. 그런데 비용이 만만치 않았다. 반반씩 경비를 부담하자는 것을 경배는 반대였다. 그렇게 반반씩 부담해도 좋았으나 경배는 형의 태도가 마땅치 않아 반대였다. 마침 형수가 없을 때 할 말을 다 해야겠다고 생각하였다. 삼분의 일만 부담하겠다고 하였다.

집 형편상 나는 대학을 못 갔고 형은 대학을 졸업했다. 학비를 내가 농촌에서 일하면서 그 뒷바라지를 다 해 주었다는 말을 하였다. 집 소유권도 형의 이름으로 되어 있으니 부모에 대한 경비는 형이 더 부담해야 한다고 단호하게 이론을 내세웠다. 맞는 말이다. 경수도 동생의 말을 인정 안 할 수가 없었다. 그렇게 하자고 결론을 내렸다.

아버지를 요양원으로 모시는 설득은 경배가 맡았다.

"아버지, 수술은 잘되었어요. 그런데 한 달 넘게 입원해야 합니다."

"다행이구나. 고생 많은 어머니다."

"예, 알아요."

한참 후에 경배는 어렵게 말을 꺼냈다.

"아버지."

"왜?"

"아버지는 오늘부터 요양원으로 가셔야겠습니다."

"뭐라구?"

아버지는 눈을 감았다.

"요양원으로 간다구!"

"예."

다른 방법이 없는 것을 알고 있으나 선뜻 그러자고 하기는 너무나 갑작스런 일이었다.

집을 떠난다니!

내가 이 집을 지켜야 하는데. 입을 꾹 다물었다.

비록 찌그러졌어도 평생을 살아온 집, 그리고 땀 흘리고 살아온 저 논과 밭은 어떻게 한단 말인가! 마당가 저 감나무는 내가 가장 아끼는 나무인데, 이제 집을 떠나면 다시 돌아오기는 어려울 것을 예감하고 있었다.

"아버지, 서운하셔도 할 수 없어요. 어머니 병이 나으면 다시 온다고 생각하시고 우선 요양원으로 가셔야 합니다. 누가 돌볼 사람이 없으니 도리가 없네요. 엄마도 지금 병원에 혼자 있을 수가 없어유."

"그렇구나."

어쩔 수 없는 일이다.

준호 노인은 난감한 일이었다.

한동안 말이 없었다.

"그렇다면 가야지."

순간 그동안 살아온 모든 것이 다 무너지고 있었다.

체념의 깊은 수렁에 빠지고 있었다.

할 수 있는 게 아무것도 없었다.

"얘들아, 내 집 이 뜰 안이나 한 번 걸어 보고 싶구나."

마지막 소원이었다.

자식들 얼굴을 그윽이 바라보았다.

"그러면 좋은데, 그러실 수가 있어야죠."

경배가 안타깝게 아버지 손을 꼭 잡았다.

"걸어서 대문을 나갔으면 좋겠구나!"

한참 후에 다시 말하였다.

"내가 지은 죄가 많은가 보다!"

그동안 살아온 날들이 하나하나 떠올랐다.

야속한 세월이었다.

내 눈에 흙이 들어가기 전에는 이 집과 이 땅을 떠나지 않는다고 마음먹었는데…!

"아버지, 빨리 업혀요."

자식의 등에 업혔다.

대문을 나섰다. 눈을 감았다.

눈물이 주루룩 흘러내렸다.

석양이 비낀 마당가에는 빨갛게 단풍 든 감나무 잎이 우수수 떨어지고 있었다.

권순악

소설가, 수필가, 시인, 한국문인협회 자문위원.
ssaa9176@hanmail.net

다람쥐의 황금 지폐

권영호(의성)

깊은 산속, 나무들이 빨강, 노랑, 주황 색깔 이파리를 흔들며 멋 자랑하려고 당겨 놓았던 가을도 점점 깊어져 갔다.

며칠 전부터 다람쥐 마을이 분주해지기 시작했다. 겨우내 먹을 양식을 모아야 하기 때문이다. 상수리나무에 올라간 어른 다람쥐 가 따서 떨어뜨린 도토리를 줍는 다람쥐들의 손놀림이 빨랐다.

노루 꼬리같이 짧은 가을 해가 서쪽 하늘에 불그스름한 물감을 칠해 놓았다.

"자! 오늘은 그만! 집으로 돌아가자."

이장 다람쥐가 소리쳤다. 다람쥐들은 저마다 군데군데 모아 둔 도토리를 자루에다 담았다.

온종일 먼발치에서 이 광경을 바라보고 있었던 팔짝 다람쥐가 슬 며시 뒤돌아섰다. 마을에서 제일 몸이 재빨랐던 '팔짝 다람쥐'는 오 늘도 다리 한쪽을 끌며 걸었다.

며칠 전이었다. 마을의 개구쟁이 아기 다람쥐가 하늘을 찌를 듯 한 아카시아 나무꼭대기에서 발발 떨고 있었다. 쉽게 나무에 올라 갔지만 내려오려니까 겁이 나서였다. 가지를 잡고 버티는 팔 힘이 빠지면 그대로 떨어질 게 뻔했다. 생각만 해도 아찔한 광경을 지켜 보는 다람쥐들은 발만 동동 굴렀다. 바로 그때였다. 팔짝 다람쥐 가 잽싸게 나무 위로 올라갔다. 겁에 질린 아기 다람쥐를 등에 업 었다. 조심스레 밑으로 내려왔다. 그런데 중간쯤 내려왔을 때 발을 삐끗하면서 아카시아 가지에 돋아 있는 큰 가시에 걸려 뒷다리가 그만 쭉 찢어져 버렸다. 금방 붉은 피가 났다. 팔짝 다람쥐는 꾸욱 참았다. 침착하게 한 발짝씩 내려오는 팔짝 다람쥐를 모두 숨을 죽이며 지켜보았다. 무사히 새끼 다람쥐를 구했지만, 그날 다쳤던 뒷다리가 쓰리고 아파서 도토리를 따 모으는 일은 엄두도 내지 못했다.

잠시 후였다. 마을 다람쥐들이 팔짝 다람쥐의 집으로 들어갔다.

"팔짝아, 너 주려고 가져왔어."

"적지만 이것도 받아 줘."

다람쥐들이 저마다 팔짝 다람쥐의 창고 앞에다 주워 온 도토리를 조금씩 갖다 놓았다. 서로 나누며 살아가는 다람쥐들의 인정이 따뜻했다.

"이거 미안해서…."

팔짝 다람쥐가 머리를 긁적이며 겸연쩍게 웃었다.

"자네는 몸조리나 잘하게나. 도토리 양식은 우리가 마련해 줄 테니."

겨울 양식 걱정에 속이 타고 있을 팔짝 다람쥐를 위로했다.

"아이고, 반갑습니다. 모두 여기에 계셨군요."

팔짝 다람쥐의 집 대문 앞에 산 너머 동네에서 온 곰 두 마리가 입을 흰 이빨을 드러내며 히죽거렸다. 덜컥 겁이 난 다람쥐들이 꼼짝하지 않았다.

"웬일입니까? 여기까지."

팔짝 다람쥐가 곰 앞으로 다가서며 물었다.

"이게 뭔 줄 알지?"

느닷없이 곰 한 마리가 속주머니에서 누런 지폐 다발을 꺼냈다.

"그건 황금 지폐가 아니오?"

다람쥐 중 누군가가 작은 소리로 말했다.

"맞아. 맞아. 근데 말이야. 도토리 한 자루와 이 황금 지폐 한 장과 맞바꾸었으면 하는데."

황금 지폐를 흔들어 보이는 곰의 말에 다람쥐들은 귀가 솔깃했다. 사실은 산속에 사는 동물이라면 누구든 그 황금 지폐를 가지는 게 소원이었으니까 말이다.

"정말로 그렇게 할 거요?"

"암. 지금 가진 거랑 집에다 모아 둔 도토리까지 몽땅 살 테니까. 이 황금 지폐로! 흐흐흐."

곰은 다람쥐들에게 호감을 사려는 듯 일부러 헛웃음까지 지었다.

곰은 도토리를 먹고 자기 몸에 지방을 축적해야만 추운 겨울을 온전히 지낼 수 있다. 그런데 올해는 곰 마을에 흉년이 들어 도토리를 구하기가 하늘에 있는 별을 따기보다 더 어려웠다. 그래서 부랴부랴 이곳까지 도토리를 구하러 온 곰의 속사정을 그 누구도 알지 못했다.

잠시 후였다.

"내가 가진 건 이게 전부요."

언제 빠져나갔던지 살살이 다람쥐가 집에서 가져온 도토리 자루를 곰 앞에 풀썩 내려놓았다.

"팔짝아, 미안!"

살살이 다람쥐가 조금 전에 팔짝 다람쥐에게 주었던 도토리를 도로 가져와 자루 속에 집어넣었다.

"글쎄 나도 한 자루를 채우려니 좀 모자라네."

다른 다람쥐도 팔짝 다람쥐에게 주었던 도토리를 다시 가져가 버렸다. 금방 싹 마음이 달라진 야속한 다람쥐들을 지켜보던 팔짝 다람쥐가 슬며시 고개를 돌려 버렸다. 다람쥐들은 여태껏 따 모은 도토리를 황금 지폐 몇 장에 몽땅 넘겨 버렸다.

"며칠 후에 또 올 테니 그땐…."

"걱정하지 마세요. 오늘보다 더 많이 모아 둘 테니."

미리 준비해 온 수레 가득 도토리 자루를 싣고 어둑해진 산길을 떠나는 곰의 등 뒤에다 대고 굽신 인사까지 해댔다.

"곧 겨울이 올 텐데."

걱정스러운 얼굴로 한참 동안 생각에 잠겨 있던 팔짝 다람쥐가 아픈 뒷다리에 바짝 힘을 주어 벌떡 일어났다. 아직도 쑤시고 아팠다. 입술을 꼬옥 깨물었다. 상수리나무 숲으로 달려갔다. 단숨에 나무 위로 올라갔다. 가지에 매달려 도토리를 따는 팔짝 다람쥐의 손놀림이 보통 아니었다.

"바사삭 톡, 토독 톡."

한참 동안 후였다. 나무에서 내려온 팔짝 다람쥐는 고목 그루터기 옆에 미리 파 놓은 구덩이에 떨어뜨린 도토리를 주워 담았다. 잠시도 쉬지 않았다. 꼬박 밤을 새웠다. 새벽이 되자 구덩이 속에는 도토리가 그득했다. 구덩이 위에 긴 나뭇가지를 걸친 다음 아무도 모르게 낙엽으로 덮어 두고 집으로 돌아왔다.

이른 아침, 다람쥐들이 아직 잠이 떨어지지 않은 눈을 비비며 상수리나무 밑으로 나왔다. 어제와는 딴판으로 아침 인사는커녕 서로 아는 체도 하지 않았다. 도토리를 한 알이라도 더 모으느라 눈에 불을 켰다.

그날 밤에도 팔짝 다람쥐는 아무도 없는 상수리나무 숲에서 도토리를 주워 모았다. 토실토실한 도토리로 그득한 구덩이가 몇 개로 늘어났다.

며칠이 지났다. 약속대로 곰들이 도토리 마을을 찾아왔다. 다람쥐들은 여태껏 모아 둔 도토리를 곰들에게 팔아넘겼다. 이제 상수리나무에는 몇 개의 도토리가 남아 있을 뿐이었다. 그런 것에는 아랑곳하지 않고 황금 지폐를 세면서 신바람만 냈다.

성큼성큼 겨울이 다가왔다. 매서운 겨울이 이렇게 빨리 찾아올 거라고는 예측하지 못했다. 며칠간 겨우 장만한 도토리 양식은 얼마 지나지 않아 바닥이 나 버렸다. 앙상한 가지만 남은 상수리나무가 바람에 흔들거렸다. 큰일이 났다. 가지고 있는 황금 지폐로는 산속 나라 어딜 가도 도토리를 한 톨도 구할 수가 없었다. 며칠째 무엇 하나 먹지 못하고 집 안에 틀어박힌 다람쥐들은 기진맥진했다.

"이러다간 큰일 나네. 모두 밖으로 나와 보게."

팔짝 다람쥐가 골목골목을 누비며 목청껏 소리쳤다. 무슨 일인가 싶어 다람쥐들이 밖으로 나왔다. 팔짝 다람쥐는 금방이라도 픽 쓰러질 것만 같은 다람쥐들을 고목 그루터기 쪽으로 데리고 갔다.

낙엽으로 덮어 놓은 구덩이들을 파헤쳤다. 토실토실한 도토리가 그득했다.

"이거면 거뜬하게 긴 겨울을 지낼 수 있을 걸세."

다람쥐들의 눈이 휘둥그레졌다.

"누구든 필요한 만큼 가져가게."

다람쥐들은 서로서로 눈치만 봤다.

"고맙네. 그 대신 이건 자네가."

다람쥐들이 황금 지폐를 팔짝 다람쥐 앞에 내놓았다.

"필요 없네. 내게는 자네들만 있으면 되네."

팔짝 다람쥐의 발끝에 황금 지폐가 금방 수북하게 쌓였다.

"씨잉 쌔앵, 씽씽 씨잉."

마침, 산 중턱에서 세찬 바람이 내려왔다. 근데 이게 어찌 된 일일까. 바람이 다람쥐의 황금 지폐를 홱 낚아채 버렸다. 순식간에 일어난 일이어서 어떻게 해 볼 방도가 없었다. 상수리나무 위로 올라간 바람에 황금 지폐가 흩날렸다. 잠시 후였다. 황금 지폐를 실은 바람은 어디론가 멀리 떠나 버렸다. 다람쥐들은 황금 지폐가 사라진 빈 하늘을 말없이 바라보고만 있었다.

"따스한 정 나누며 형제처럼 살아왔던 우리의 마음을 상하게 했던 게 바로 황금 지폐였네. 이제는 아무리 매서운 칼바람과 눈보라가 몰아쳐도 걱정 없네. 언제나 봄처럼 따스한 이웃이 함께하고 있으니 말일세."

우선 먹을 도토리를 가지고 집으로 돌아가는 다람쥐들을 바라보면서 팔짝 다람쥐는 혼자 중얼거렸다.

권영호(의성)

경북 의성 출생, 1980년 기독교 아동문학상 동화
『욱이와 피라미』당선, 2009년 계간 『에세이문
학』, 수필 「선착순 집합」 천료. 제17회 문학세계
문학상 동화 부문 대상, 제6회 경북 작가상. 한국
문인협회, 한국아동문학인협회, 새바람아동문학
회 회원, 의성문협지부 회장, 경북문인협회 아동
문학분과위원장, 창작동화 『날아간 못난이』,『봄을 당기는 아이』,『바
람개비』등. uskyh@hanmail.net

특집

문학상 수상

2024년 중앙시조신춘상

조문국을 다녀오다

권규미

북쪽의 북쪽으로
흰 말을 타고 갔다
바람 강 얼음산을 넘고 또 넘어서
찔레꽃 우거진 뜨락
왕의 잠에 닿았다

만발한 묵언뿐인 오래된 꽃의 나라
원래 가시나무의 먼 혈족이었던 나는
뚝뚝 진 그 묵언들을 치마폭에 거두었다

능원은 아득하고 때때로 반짝였으나
말과 글과 풍속이 서로 멀어진 탓에
면벽한 물방울들만
총총 세다 돌아왔다

당선 소감

없는 연인에게서 답신 받은 느낌

100년 묵은 갑옷을 꺼내 출정 준비를 하는 돈키호테처럼 녹슨 투구를 닦아 쓰고 눈앞의 시간들을 다정한 판초이듯 바라봅니다. 없는 적과 없는 연인에게 창을 겨누고 편지를 쓰던 황망한 날들이, 그 기나긴 발자국들이 금빛 모자를 쓰고 아지랑이처럼 지나갑니다.

캄캄한 밤의 산을 오르는 것과 같이 정신없이 오르다 보면 오를수록 더 어긋나기만 하던 글쓰기, 사는 일도 그와 별반 다르지 않아서 참 많이도 헤맸습니다. 시조는 제게 참 어려운 남자 같았습니다. 시간의 시금석을 견뎌 낸 막막하고 먼 신비로움이었습니다. 별빛을 쫓는 소녀처럼 천지사방을 헤매었으나 꽃이 되기엔 아직도 먼 화석 같은 말 몇 마디를 주워 들고 대책 없이 중얼거리다 잠이 들고는 하였지요.

삼에서 삼베가 나온다고, 삶에서 시가 나온다고 무작정 목을 늘이고 기다린 적도 있었지요. 이제 기나긴 동굴 하나를 간신히 지나온 듯합니다. 없는 연인에게서 온 답신처럼 당선 통지를 받은 날, 30여 년 전에 다른 마을로 거처를 옮기신 아버지 생각이 났습니다.

평생을 손에서 책을 놓으신 적 없었지만 그 책 속의 꿈들은 아버지의 쟁기질에, 아버지의 푸나무단에 손가락 하나도 올려놓지 않았었지요. 묵묵하고도 단호하게 서툰 농사를 신앙처럼 품은 채 적막과 가난을 평생의 동지처럼 마주한 아버지, 무덤 속의 당신을 불러내어 햇볕 드는 마루에서 맑은 술 한 잔 나누고 싶습니다.

감사합니다. 아름다운 이름을 붙여 주신 중앙일보사와 네 분 심사위원 선생님께 마음을 다해 큰절을 올립니다. 또박또박 앞으로 나가 보겠습니다.

심사평

잘 발효된 시어로 잠든 역사 깨워

또 한 명의 패기 있는 신인 탄생을 기대하며 심사위원들은 팽팽한 긴장감으로 예비 시인들이 보내 온 90여 편의 작품을 숙독했다. 네 명의 심사위원이 각각 다섯 편의 작품을 골라 낸 다음 심사위원 모두 이견이 없는 작품은 권규미의 「조문국을 다녀오다」였다. 조문국은 삼한 시대 초기 부족 국가로 경상북도 의성군에 위치했던 소국이다. 「조문국을 다녀오다」는 세 수로 쓴 연시조로 잊혀진 역사에 대한 깊은 사유를 잘 발효된 시어로 섬세하고 애틋하게 그려 낸 가품이었다. 오래전 사라진 사기史記 속의 작은 부족을 현재로 호명하여 깊은 잠에 든 역사를 깨워 시조의 정형 미학에 오롯하게 담아냈다.

같이 보내 온 비파형동검 역시 역동성 넘치는 활달한 발화법이 선자의 눈길을 오래 머물게 했다. 신인 탄생을 뜨겁게 축하하며 「앙간비금도」, 「시간의 지문」, 「소리의 영역」, 「디지털 사무실에 걸린 아날로그시계」, 「불卍」도 더불어 논의되었음을 밝힌다. 응모자 모두 내년에 더 좋은 작품으로 다시 도전해 주시길 바란다. (심사 위원: 강현덕 · 서숙희 · 손영희 · 정혜숙)

갈대

권영주

서걱대며 부비는 소리
뒤척이며 가슴 저리고

잊고 싶지 않은 기억
잊어버리는 두려움에

긴 목 휘청이며
우는 가녀린 몸짓으로
살아온 날들

기다림은 나를
흔들어 놓고

투명한 바람 향기에
채워지는 보고 싶은 얼굴

저무는 들판 길 따라 흐르는

그대의 달빛 그림자

수상 소감

언제나 자신의 삶을 성취하고자 뜨거운 사랑 때문에 이 글을 쓰게 되었습니다. 당신의 표정이 당신의 삶에 대한 사랑으로 가득 찰 때 당신의 일상이 매일매일 새롭게 탄생할 것입니다.

이 시가 영원히 당신의 벗이 될 수 있기를 기원하겠습니다.

심사평

권영주 시인의 「갈대」란 시는 2연에서 '잊고 싶지 않은 기억/ 잊어버리는 두려움에'와 5연의 '투명한 바람 향기에/ 채워지는 보고 싶은 얼굴' 그리고 마지막 연의 '저무는 들판 길 따라 흐르는/ 그대의 달빛 그림자'에 방점이 찍혀진다. 가까이서 본 갈대와 멀리서 보는 갈대는 다르다.

한 사람의 모습도, 지인들이랑 모처럼 만나, 차 한 잔 앞에 두고 서로 웃을 때와 혼자만의 시간 속에 살고 있는 것들에 제대로 날개를 달아 주지 못해 아파하는 모습은 전혀 다르다.

흔히, 갈대가 연약하다고들 한다. 록의 여신이라 불렸던 제니스 조플린[Jenis Joplin, 1943~1970(27세 사망)]의 생애를 영화화한 〈The Rose(장미)-노래: Bette Midler(베트미들러)〉의 타이틀곡 첫 구절 가사에, "Some say love it is river/that drowns the tender reed(어떤 이들은 사랑이란, 연약한 갈대들을 휩쓸어 가는 강물이라고 말해요)"란 노랫말에도 그렇게 노래하고 있다.

하지만, 7월 갈대밭 둔치에 가까이 가 보라! 키가 3m쯤 되는 그들의 대궁이, 뿌리털들이 얼마나 강하고 튼실한가를….

권영주 시인의 시 「갈대」는, 갈대가 주는 시각적이고 청각적인 이미지와 상징성에 자신의 심상을 투영시켜 연주한 시다. 노랫말로 바꾸어 제대로 곡을 붙인다면 만인에게 사랑을 받을 수 있다는 생각이 들 만큼, 그 울림이 아름답고 여운이 깊이 전해져 온다.

시인의 외유내강형 절제력과 아름다운 여성성과 감성적 균제미!

13행의 짧은 시임에도 6연으로 호흡하며, 시의 맛깔을 살린 형식미가 선연하다. (심사위원: 이양우·여명 외)

귀가

권영주

싸늘한 네온사인이
울고 있는 밤

돌아가자
따뜻한 눈물
가슴 열고

시간의 江을 건너
어디든 가자

부대끼며 허우적대며
건너서 가자

사랑도
눈물도
아픔도
그리움도

모두 다 가자

싸늘한 바람이 꿈꾼다
우리 가야 할
문 하나 열린
그곳으로 가자

수상 소감

문학은 내 마음의 절절한 영혼의 노래이고 사랑의 숨결로 피어나는 꿈과 희망이며 아픔과 고통이 환희와 아름다움이 되기까지 피가 되어 흐르는 사랑 가득한 생명수이기도 합니다. 사색의 뜰에서 자연과 더불어 영혼의 꽃을 피우는 여인으로 거듭나는 힐링문학상을 감사히 받으며 문학인으로서 최선을 다해 삶을 예쁘게 수놓아 가리라 다짐해 봅니다.

심사평

시향 권영주 시인의 「귀가」는 서정시의 정수를 보여 준다. 개중이 선호하는 감각적으로 슬픔을 승화시킨 서정시다. 「귀가」는 코로나 사태의 분리 불안을 겪는 현대인을 따뜻하게 위무해 준다. 대중성을 획득한 청유형 문장이 매력을 발산한다. 수상을 진심으로 축하드린다. (심사위원: 이인선 · 오정현 · 정호 · 정기만)

어느 곡예사의 하루

권영춘

새털구름이 떠 있는 하늘 아래
그가 건축을 시작한다
기다림의 미학을 방적돌기紡績突起에 간직하고
한여름 따가운 정오가 지나면
걷는 대로 덫이 되는
오리온성좌를 본뜬 궁을 짓고 있다

온몸 속의 기름을 짜내어 탱탱한 은실로 바꾸고
먼 하늘의 구름을
살아온 기억으로 더듬어 가며
씨줄과 날줄로 엮어 내는 촘촘한
그늘진 삶의 공간 그 끝에서

창문을 활짝 열어 놓고
달빛마저 고이 숨어 흘러가는 한밤이 되면
포로와의 무게만큼 줄 위에서 함께 출렁거리다가
한 삶은 끝내 생을 마감한다

자전을 잠깐 멈춘 지구가 다시 움직이기 시작한다

스쳐 가는 무지개와
바람 몇 점을 벗으로 여기는 검은 망토의 곡예사는
밤마다 별빛에 안겨
무더운 한여름을 즐기며 산다
몸서리치도록 시린 언덕 위
아침이면
근처 암자에 자리 잡은 불타佛陀의 손에
반짝이는 염주 몇 알을 선물한다

수상 소감

'글을 쓴다는 것에 대하여'

나에게 있어서는 글을 쓴다는 일이 언제나 두려움과 기쁨이 함께 존재해 왔다.

내 마음속의 생각을 잘 정리해서 남에게 보여 줄 수 있다는 즐거움이 존재하고 있는가 하면 그 글을 읽는 이가 어떻게 생각할까라는 두려움이 지금도 내 마음을 떠나지 못하고 있다. 고교 시절 도공보관에서 시 작품을 공모, 「소」가 당선되어 전시된 이후 문학에 뜻을 두었다. 1990년 시조 시인(당시 한국시조시인 협회 회장) 이신 이우종 선생님의 2회 추천을 받아 현대시조를 통해 시조 시인으로 등단했으며 바로 이어 시조집 『세상사는 이야기』가 세상에 처음 나왔을 때는 시집이 서울시의 변방에 있는 책방까지도 서가에 꽂혀 있었다.

일요일이면 서점에 가서 시조집이 몇 권이나 팔렸느냐고 묻고 다닌 일이 있었다. 그 후 10년마다 시집을 1권씩(자유시집) 출판하기로 하고 그 일을 지금까지 실천해 왔다. 2020년 제4시집 『커피를 마시며』가 세상에 나오게 되었다.

41년의 교직 생활을 마감하고 동작문화원 노인대학에서 사서四書를 강의했는데 옛날 왕세자들의 교과서인 『논어』와 『중용』을 중심으로 가르쳤다.

『중용』에는 다음과 같은 말이 나온다.

"무슨 일이든 행하지 않음이 있을지언정 이를 행할진댄 독실하지 못하거든 놓지 아니하고 남이 이를 한 번에 능하거든 나는 백 번을 하며 남이 열 번에 능하거든 나는 천 번을 해야 할 것이다." (원본 생략)

시작詩作에 있어서도 마찬가지라고 믿는다. 무슨 일이든 남보다 백배의 노력이 필요하다고 강조하고 있다. 정식으로 시 공부를 시작한 지가 어언 33년. 항상 반성하면서 글을 쓰려 한다. 심사를 맡아 주신 선생님들께 고마운 마음을 금할 수가 없다.

심사평

스토리문학 대상 심사 과정을 말씀드리자면 지난 1년간 우리 도서출판 문학공원에서 발행한 도서는 총 50권에 달하고 스토리문학으로 등단했거나 한국 스토리문인협회에서 활동하고 있는 문인 중, 저서를 발간하여 사무실로 보내 온 분들의 저서 또한 50종에 이르러 우리 한국스토리문인 협회 회원들이 발간한 100권의 저서 중 권영춘 시집『커피를 마시며』, 김용철 시집『개화』, 신현미 서평집『책 읽는 가로등』, 심순영 시집『새들의 취침법』, 서종주 시집『새벽달』등이 최종심으로 낙점되었습니다.

그중에 작품성과 지속적인 작품 활동, 한국스토리문인협회에 대한 기여도, 등단 기간 등을 감안해 볼 때, 등단 40여 년이 가까워 옴에도 매우 젊은 시를 쓰시며 중등학교 교장을 지내시는 등 여러 가지로 평판이 좋은 권영춘 시인의 시집『커피를 마시며』를 최종 낙점하기에 이르렀습니다. 권영춘 시인의 시는 주로 사물시로써 나이 드신 분들이 쓰는 회상시에서 벗어나 은유와 상징, 환유와 대유 등을 자유자재로 오르내리며 평생 교단에서 국어를 가르쳐 온 분에게 격이 맞는 시를 쓰고 있다는 평가를 받았습니다. 축하드립니다. (심사위원: 서범석 · 김순진)

히말라야를 꿈꾸며

권오운

신들이 사는 궁전은 범접 못 할 영역인가
심술궂은 속내도 얼어 철문을 열지 못하고
날씨도
그들 편인가
다가갈 수 없었다

아는 것 하나 없는 너의 길을 밟아 가며
정상은 하늘의 뜻 그대 품에 안겨 본다
수만 년
신비의 나라
꿈에서도 그리운

전설은 없었던 이야기 한 올 한 올 풀어내며
백설의 나래 옷 펼쳐 깊은 잠에 드신 이
알파인
꿈꾸던 손을
녹여 주고 싶었다

수상 소감

갑자기 날아든 소상 소식에 반갑고 고마운 마음입니다. 2019년, 한국문인협회에서 발간하는 《월간문학》에 시조 악수로 등단한 이후의 첫 수상이기에 무척 기쁘고 감동이었습니다. 앞으로 더욱 좋은 작품 쓰라는 채찍으로 알고, 열심히 창작 활동을 이어 가겠습니다. 오늘의 제가 있기까지 많은 애정과 관심을 주신 선생님들께 감사드립니다. 그리고 언제나 마음 가까이에서 응원을 보내 주신 고운 분들에게 탁주 일 배 올리겠습니다.

심사평

「히말라야를 꿈꾸며」는 현지 체험은 하지 못했지만 히말라야 설산의 신비성과 역사성, 그리고 꿈을 못다 이룬 알파인에 대한 연민과 애련의 정을 작가 입장에서 자비롭게 표현하여 잔잔한 감동을 주었다. [심사위원 이광녕 문학박사(시조시인, 수필가)]

책들의 납골당

권현옥

책들은 햇살을 어떻게 쐬는가.

고요히 숨어 있다가도 누군가 다가와 반짝이는 눈빛을 보내든가 차분하거나 격정적인 콧숨이 닿으면 그것이 햇살이다. 손가락의 체온을 따라 활자는 살아나고 책들은 길은 열어 사람의 머릿속으로 들어가면 그렇게 오래토록 햇살을 쐬기도 한다.

무덤은 산과 들에서 가장 좋은 햇살을 쐬려고 명당자리를 차지했지만 그것도 몇십 년. 납골당의 항아리는 햇살도 포기하고 눈비와 바람을 피해서 안전하게 숨어들었지만 특별한 눈빛과 마주치기만을 기다리고는 몇 십 년일까. 숨결이 뜸한 세상을 기다리는 모습이 차갑다. 그렇게 사람이 남긴 것은 존재하다 사라지기 쉽다.

도서관은 화려한 전시장이고 필자의 납골당이고 책의 납골당일 수 있다.

세상이 산 사람의 공간을 비집어 죽은 자의 공간도 나누어 준 것처럼 도서관에도 수천 년 전부터 지금까지의 살아남은 책들과 금방 나온 책들에게도 자리를 줬다.

80~90세를 살아도 다 살아내지 못할 무수한 삶이 그 속에 있고 초속으로 넘나드는 유령의 접전 지역처럼 과거와 현재, 미래가 살

아 있다. 질주와 방황이 있고 수도와 명상이 있고 지식과 지혜가 있다. 그곳에서 나와 보면 여전히 피부에 와닿는 대로 살아야 하는 세상이 있다는 것을 알지만 책과 세상과의 연결다리에서 출렁거리고 있는 나 자신을 본다. 그런데도 책을 펼치는 일은 중심을 잡게 해 줄 수도 있다는 희망이 우세해서이다.

점토와 파피루스와 목판과 천들에 입혀 온 책들의 영혼이 다 사라졌을까. 필사되고 활자로 인쇄된 수많은 책들이 수레에 실려 지하 창고로 가고, 헌책방에도 가고 쓰레기장에 버려지고, 소각되고 무엇이 있었는지조차 어디에 있는지조차 모르게 된다. 그래도 살아서 아직 남아 있는 곳, 없어질 것에 대비해 일단 모아 놓은 전시장이자 결국 남게 된 대형 납골당, 이곳이 도서관이다.

수없이 살아나는 과거와 팔딱거리는 현재와 미래를 예견한 책들의 저장소, 작가와 철학자와 수학자와 연구자들의 뼈와 영혼이 숨 쉬는 납골당이다.

내 삶은 한때 격정적 문체를 지녔던 화려한 페이지를 지났다. 언제부턴가 진부한 넋두리만 늘어놓았던 만연체의 페이지와 행동은 없고 생각만 있는 건조체가 되었을 때, 나는 나보다 나은 사람들의 시간과 머릿속을 엿보기 위해 도서관을 찾는다. '아, 이렇게 많은 유령이 사는 납골당에 와 본 적이 없다.'는 생각이 들었다. 무섭지도 서늘하지도 않은 경건한 납골당.

수많은 책들이 등을 보이고 꽂혀 있다. 시간과 노력과 성찰 끝에 이끌어 낸 책은 뼛가루 같은 육신의 실체들이다. 그것을 바라볼 때마다 묵념이나 존경의 뜻을 보내지 않을 수가 없다. 조용하게 제목으로만 앉아 있는, 인기 없는 책들과의 만남도 햇살이다.

나는 도서관의 문을 밀고 들어서면 거대한 침묵에 압도당하고 이내 그 침묵을 껴안는다. 내 영혼은 내 육신의 두 배쯤 가라앉는다. 숙연해져서 발자국을 뗄 때마다 조심스러워지는 것에 환희를 느낀다. 백화점이나 커피숍의 문을 열 때와 다른 숨을 쉰다. 수십 년이나 수년간 집필한 영혼의 세포들 앞에서 값도 없이 얻을 수 있는 선택권에 흐뭇하다. 무덤을 만나 본들 그들의 삶에 대해 무엇을 알 수 있을까. 책으로 만날 수 있는 이 장소가 위대하다.

책상에 앉아 있는 사람은 고개를 숙여 책이 말하는 세상을 알아내고 1미터 너비가 채 안 되는, 책꽂이가 만든 골목에서 서성이는 사람은 침묵과 외침과 기다림 사이에 있다. 깊은 물속을 걷듯 묵직한 것이 허벅지를 가르는 것 같다. 느껴지는 압력이 좋다. 책들의 이름을 본다. 드디어 하나를 꺼내어 책장을 넘기면 책은 숨을 쉬고 내 안에 들어와 햇살이 되기도 하고 햇살을 보기도 한다.

기원전 7세기 점토로 만든 책의 니베네 도서관이나 터키의 화려한 도서관 에베수스, 학구열에 불탄 무굴 제국의 악바르 황제나 멕시코의 후아나 수녀 같은 맹렬한 독서가, 재상 압둘 카셈이 11만 7천 권을 싣고 다녔다는 사막의 도서관, 보르헤스가 만든 상상의 『바벨의 도서관』까지, 추구한 것은 결국 그 옛날 이집트 도서관 현판에 쓰인 '영혼의 시약소, 약방'이 아닐 수 없다. 얼마나 반가운 말인지.

도서관의 책들은 납골당처럼 과거로 꽂혀 있지만 현재에 살아 숨 쉬고 햇살을 쐬고 미래를 말하고 있다.

덴마크 의사 바르톨리니가 "책이 없으면 신도 침묵하고 정의도 잠자고 과학은 정체되고 철학은 불구가 되고 문학은 벙어리가 된다."고 했던가. 책의 위대함에 고개를 숙인다.

도서관 문을 밀고 들어설 때의 뿌듯함, 참 좋다.

수상 소감

안녕하세요. 권현옥입니다. 읽기도 힘들게 긴 제목으로 책을 냈는데 이렇게 큰 상을 받게 돼서 얼마나 기쁜지 모릅니다. 글을 잘 쓰시는 분들도 많은데 행운이 저에게 온 것 같습니다. 다시 한번 에세이문학과 관계자님들 그리고 심사위원에게 감사드립니다.

수필 쓰기는 제 자신의 일 중에서 1순위에 해당하는 일이긴 합니다. 부족함이 많은 사람이라 조금이라도 더 읽고 배우고 생각하고 느끼고자 하는 바람이 있었습니다. 토닥토닥 정리한 것이 수필이라는 문학이고요. 수필이 아니었다면 쓸데없이 많은 잡념, 이거 다 어디에 두고 살았을지 아리송합니다.

1999년 수필교실에서 윤재천 선생님을 만났습니다. 새롭게 쓰라는 말씀이 마음에 꽂힌 뒤 저는 '새롭게 쓰자'라는 말을 제 깃발로 세우고 꾸준히 걸어왔습니다. 어쨌든 제 인생에서 가장 큰 행운은 수필을 쓸 수 있었다는 것이지요.

이제 이런 귀한 상까지 받으니 이제 겁이 덜컥 나긴 합니다. 앞으로 겁먹어서 글을 더 잘 쓸지 못 쓸지 저도 모르겠습니다만 여전히 제 재능의 부족함을 위로하며 열심히 쓸 예정입니다.

스승님이신 윤재천 선생님과 도반으로서 항상 함께해 준 계간 현대수필 문우님들, 그리고 골머리를 썩고 있는 저를 항상 안타깝게 봐 주고 한편으로는 뿌듯하게 봐 주고 있는 남편에게도 고맙다는 인사드립니다. 다시 한번 심사위원님과 에세이문학에 감사드립니다. 감사합니다.

심사평

권현옥은 언어를 통하여 사물을 인지하는 남다른 작가이다. 기술적인 기교가 아니라 통찰과 인식으로 사물의 의미를 간파해 낸다. 작가의 네 번째 작품집 『말하고 싶은 것과 말하고 싶지 않은 것』은 앞서 언급한 삶과 언어의 생태 관계를 풀어낸 수필집이다. 작가는 말의 남용을 단호히 거부하고 글로써 "젊어지고 힘을 내고 욕심을 버린 시간"을 담으려 하였다고 선언한다. 이 말은 그녀가 언어의 생태인임을 입증하는 자아 선언문이다. 나아가 말하고 싶은 것은 침묵하고 말하고 싶지 않은 생의 번민을 글로 표현한다는 수필 세계를 정립하였다.

나아가 권현옥은 수필을 "쓰고 또 씀"으로써 자아를 존재케 한다. 글은 그녀에게 존재 양식이면서 영혼의 숨결이다. 그 점에서 스무 해 넘게 글 길을 좇은 호모 스트립투스의 후예임을 밝힌 담론집이 『말하고 싶은 것과 말하고 싶지 않은 것』이라 할 수 있다. 사람을 다루면 감동적인 서사가 되고 사물을 거론하면 인문학적인 팡세가 된 것도 무엇을 말할까보다는 어떻게 풀어낼까에 집중한 치열성에 기인한다. 그 쌍방향의 사유와 언어 간의 프레임을 살피면 권현옥의 문학 영토를 순례하는 노정이 될 것이다.

모든 작가에게 독서는 창작의 출발이다. 입서入書가 독서라면 출서出書는 창작 단계로서 입서에 머물면 저자의 기세에 눌려 질식하게 된다. 독서에 매진하지 않고 좋은 글쓰기를 기대하는 것만큼 어리석은 일이 없다. 당연히 권현옥은 고전과 명작을 창작을 준비하는 신성한 영역으로 여긴다. 도서관과 서점과 서재를 책의 물류 창고가 아니라 선현의 영혼이 기거하는 곳으로 여겨 납골당이라는 명패를 붙인다.

「책들의 납골당」과 「한 줄의 가치」는 독서와 책에 대한 권현옥의 생각을 살필 수 있는 대표작이다. 도서관이 "철학자와 수학자와 연구자들의 영혼이 숨 쉬는 납골당"으로 여기므로 문학 유령들과 이야기를 나누는 시간만큼 행복한 때가 그에게는 없다. 초시간적인 언어가 분출하는 언어의 신전에서 작가는 독서가로서 정체성을 재확인한다.

도서관에 대한 경배 의식은 "무수한 삶이 그 속에 있고 초속으로 넘나드는 유령의 접전 지역처럼 과거와 현재, 미래가 살아 있다."는 말로서 시작한다. 그녀는 책 담론을 '영혼'과 '햇살'이라는 두 중심어에 모은다. 영혼이 시간과 장소를 초월한 인생철학을 일러준다면 햇살은 새처럼 자유롭게 문학으로 안내하는 역할을 한다. 책을 불사의 스승으로 여겨 "읽고 생각하고 쓰자."라는 진리를 거듭 강조한다.

작가란 언어의 집을 짓는 사람이다. "오직 쓸 뿐이다."라고만 말하는 사람이다. 그만큼 작가와 언어와의 생태학적 상관성은 아무리 말하여도 지나침이 없다. 권현옥 작가는 사유 세계를 언어의 채로 걸러 존재망을 형성하는 것을 소명으로 삼고 있다. 작품집『말하고 싶은 것과 말하고 싶지 않은 것』이 문학성을 지니게 된 것도 일상에 대한 깊은 인식과 언어에 대한 농익은 직관의 조화를 이룬 데 있다. 나아가 작품마다 언어가 지닌 다채로운 요소와 생활의 발견으로 직조한 언어 생태계가 권현옥의 고유한 수필 세계라 평할 수 있을 것이다. [심사평: 박양근(문학평론가, 부경대 명예교수)]

대전 〈뿌리공원〉 시화 출품작

「성화보」　　　　　　　　　　　　　권영시

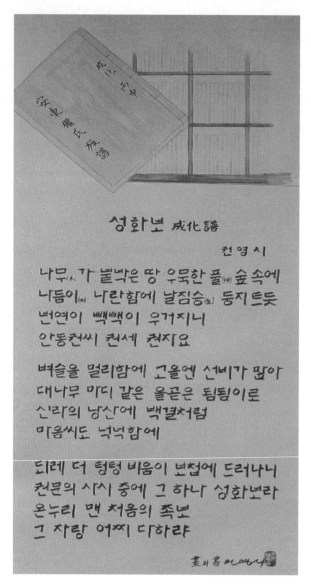

병산대첩

시화 권종숙

성군은 저 하늘이 낳아 내리고
영웅은 이 땅이 키워서 내는가

경상도 안동땅 와룡면 서지리
옛적 고창군 병산 용맹한 터전
승전의 북소리 천하를 뒤흔들제
후삼국 통일 고려사 매듭보 놓고

충청도 땅 뿌리공원에 환생한 영웅
안동 권(權)의 시조 권행 장군이시여!

고려(태동기)의 왕건과 후백제 견훤의 신라 땅 쟁탈전.

'병산전투'에서, 권행 장군이 앞장서서 성주(고창군) 김선평과 호족 장정필을 설득하여 왕건의 편에 서서 대승으로 이끌었다. 동북쪽 수많은 고을 성주들이 고려에 귀부하여 통일 고려사가 시작되었다. '병산대첩'으로 고려의 왕권을 잡은 왕건이, 고창읍을 '안동부'로 승격시키고, 삼태사의 공을 높이 치하하여 안동부를 식읍으로 하사하고 다스리게 했다. 오늘날의 '안동'이란 지명과 삼태사 문중 및 고려사—조선사 속에 등장하는 안동人들의 원뿌리(원천)는 '병산대첩'이다. (출처: '병산대첩지' 관할 종친회 종합 증언)

표지의 문인

권호문
「한거십팔곡」

(앞표지 내용과 이어집니다)

5.

어지게 이러그러 이몸이 엇디훌고

행도行道도 어렵고 은처隱處도 정定치 아 다

언제야 이쁜 결단決斷ᄒ야 종아소락從我所樂 ᄒ려뇨

6.

ᄒ려 ᄒ려 ᄒ디 이쁜 못ᄒ여라

이쁜 ᄒ면 지락至樂이 잇ᄂ니라

우읍다 엇그제 아니턴 일을 튀 올타 하던고?

7.

말리 말리 ᄒ디 이 일 말기 어렵다.

이 일 말면 일신一身이 한가閑暇ᄒ다.

어지게 엇그제 ᄒ던 일이 다 왼 줄 알과라.

8.

출出ᄒ면 치군택민致君澤民 처處ᄒ면 조월경운釣月耕雲

명철군자明哲君子ᄂ 이룰사 즐기ᄂ니

ᄒᆞ믈며 부귀위기富貴危機라 빈천거貧賤居를 ᄒᆞ오리라

9.

청산이 벽계碧溪 임臨ᄒᆞ고 계상溪上애 연촌烟村이라

초당심사草堂心事를 백구白鷗인들 제알랴

죽창정야竹窓靜夜 월명月明ᄒᆞᆫ디 일장금一張琴이 잇ᄂᆞ니라

10.

궁달窮達 부운浮雲 ᄀᆞᆺ치보야 세사世事 이저두고

호산가수好山佳水의 노ᄂᆞ 뜯을

원학猿鶴이 내벋 아니어든 어니 분이 아ᄅᆞ실고

11.

ᄇᆞ람은 절노 ᄆᆞᆰ고 ᄃᆞᆯ은 절노 ᄇᆞᆯᄯᅡ

죽정 송함竹庭 松檻애 일점진一點塵도 업스니

일장금一張琴 만축서萬軸書 더옥 소쇄蕭灑ᄒᆞ다

12.

제월霽月이 구룸 ᄯᅮᆯ고 솔 ᄭᅳᆺ테 ᄂᆞ라 올라

십분청광十分淸光이 벽계중碧溪中에 빗쪄거ᄂᆞᆯ

어듸인ᄂᆞᆫ 믈일흔 ᄀᆞ며기 나ᄅᆞᆯ조차 오ᄂᆞᆫ다

13.

날이 져물거늘 ᄂᆞ외야 훌닐 업셔

송관松關을 닫고 월하月下애 누어시니

세상애 뜬글 ᄆᆞ음이 일호말一毫末도 없다.

14.

월색계성月色溪聲 어섯겨 허정虛亭의 오나ᄂᆞᆯ

월색月色을 안속眼屬ᄒᆞ고 계성溪聲을 이속耳屬ᄒᆞ

ᄃᆞᄅᆞ며 보며 ᄒᆞ니 일체청명一體清明 ᄒᆞ야라

15.

주색酒色 좃쟈ᄒᆞ니 소인騷人의 일 아니고

부귀富貴 구求챠 ᄒᆞ니 뜯디 아니가ᄂᆞ

두어라 어목漁牧이 되오야 적막빈寂寞濱애 놀쟈

16.

행장行藏 유도有道ᄒᆞ니 ᄇᆞ리면 구ᄐᆡ구ᄒᆞ랴

산지남수지북山之南水之北 병들고 늘근 나를

뉘라셔 회보미방懷寶迷邦ᄒᆞ니 오라 말라 ᄒᆞᄂᆞ뇨

17.

성현聖賢의 가신 길히 만고萬古애 ᄒᆞᆫ가지라

은隱커나 견見커나 도道 얻디 다ᄅᆞ리

일도一道오 다르디 아니커니 아무던들 엇더리

18.
어기漁磯예 비 개거눌 녹태綠苔로 독글 삼아
고기를 혜이고 낙글 뜯을 어이ᄒ리
섬월纖月이 은구銀鉤 되여 벽계심碧溪心에 줌겻다

19.
강간江干에 누어셔 강수江水 보는 뜨든
서자여사逝者如斯ᄒ니 백세百世인들 몃근이료
십 년 전 진세일념塵世一念이 어름 녹듯 ᄒ다

　권호문 선생의 본관은 안동이며 호는 송암松巖이다. 1549년(명종
4) 아버지를 여의고 30세에 진사시에 합격했으나, 1564년에 어
머니 상을 당하자 벼슬을 버리고 청성산靑城山 아래에 무민재無悶齋
를 짓고 그곳에 은거하였다.
　청성산은 안동시 풍산읍에 있으며 그 아래에 선생이 지은 연어헌
과 석문정사石門精舍가 있다. 연어헌은 송암 권호문 선생이 지은 정
자로 빼어난 곳에 자리 잡고 있다.
　권호문은 이황李滉을 스승으로 모셨으며, 같은 문하생인 유성
룡·김성일 등과 교분이 두터웠고 이들로부터 학행을 높이 평가
받아 찾아오는 문인들이 많았다. 또한 평생을 자연에 묻혀 살았는
데, 이황은 그를 소쇄산림지풍瀟灑山林之風이 있다고 하였고, 벗 유

성룡도 강호고사江湖高士라 하였다. 저서로는 『송암집』이 있으며, 작품으로는 경기체가의 변형형식인 「독락팔곡獨樂八曲」과 연시조인 「한거십팔곡閑居十八曲」이 『송암집』에 전한다.

학자인 권호문의 연시조는 모두 19수로, 그의 문집 『송암별집』에 수록되어 있다. 각 연은 독자적인 주제를 개별적으로 노래한 것이 아니라, 의미상의 맥락을 가지고 구조적으로 짜여 있어 시상과 주제의 전개 및 흐름을 체계적으로 파악할 수 있다.

벼슬길과 은거 생활의 갈등에서부터 물외하인物外閑人으로서 강호의 풍류를 즐기며 살아가는 담담한 심회를 술회하고, 현실세계의 티끌을 초월한 자신의 모습을 마지막 1수에 덧보태어 끝맺었다. 작품 전체가 현실 세계로부터 일탈하여 강호 자연 속으로 침잠하기까지의 과정을 시간적 계기에 의하여 단계적, 논리적으로 구성하였다.

권태웅

(뒷표지 내용과 이어집니다)

　권태웅 선생은 1918년 4월 20일 충청북도 충주시 충주면 칠금리에서 태어나 어려서부터 문학을 즐기며 글짓기를 좋아하는 소년이었다. 1932년 충주 공립 보통 학교를 졸업한 선생은 경성 제일 고등보통학교(현 경기고등학교)에 입학했다.

　경성고보 33회 동기생들의 증언에 따르면, 그는 치밀하고 정의감이 있었으며 조선인 학생 차별 문제로 일본인 교사와 대립하기도 했으며 친일파 학생과의 마찰로 경찰에 체포되어 보름 동안 구금되기도 했다. 권태웅 선생은 도쿄에 유학 중이던 경성고보 33회 졸업생을 중심으로 '33회'라는 비밀결사를 조직하여 조선의 독립을 위한 모임을 했다. 그들은 사회주의 성향의 책을 읽고 토론하는 등의 활동을 펼치며 조국의 독립과 사회주의 사회 실현 방안을 논의하기도 했다.

　권태웅 선생은 토속적인 내용을 소재로 한 작품을 많이 지었는데, 특히 아동들에 깊은 애정을 갖고 동시를 많이 발표했다. 동시이기는 하지만, 내용상으로는 애국과 항일 의식이 담겨 있다. 대표적인 시집으로는『감자꽃』이 있는데, 여기에 실려 있는 대표적인 시「감자꽃」은 일제의 일본식 성명 강요에 반항하려는 의도를 갖고 지은 작품이다.

충주 출신 작가인 이오덕 작가는 2001년 출간한 『농사꾼 아이들의 노래』에서 권태응 선생에 대해 "농사꾼과 농사꾼 아이들의 삶을 있는 그대로 보여 준" 유일한 시인으로 높이 평가했다. 충주에는 윤석중 선생 후원으로 탄금대 내에 감자꽃 노래비를 세워 권태응 선생을 기념하고 있으며 충주시 문인협회에서는 다양한 문화 활동을 주최하고 있다.

또한, 일제강점기 말기에 학생운동에 참여하여 일제에 대항했다가 스가모형무소에 수감되었던 사실도 조명되면서, 대한민국 정부는 2005년 선생님에게 대통령 표창을 추서했다. 1944년 초에 귀향하여 결혼한 후 본격적으로 시를 집필하며 야학을 열어 항일사상을 강의했으며, 농민과 학생들의 화합을 유도하기도 했다.

선생의 문학 활동은 4년이 채 되지 못한 1950년 6 · 25 전쟁이 발발하면서 전혀 알려지지 못했다. 전쟁이 한창이던 1951년 3월 28일 충주에서 병사했다. (출처: 관아골동화관, 권태응)

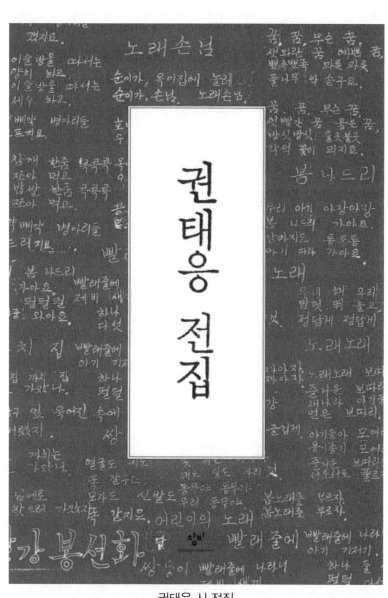

권태응 시 전집

권태응 시비(충주 탄금대)

권경미 36648 경북 안동시 평화윗길33, 화이트빌 2층/010-6530-6011

권경주 54642 전북 익산시 약촌로 228, 108동 301호(영등동 동신아파트)/
010-8648-5952

권경희 01044 서울시 강북구 삼양로 526-17/010-8909-3224

권규미 38195 경북 경주시 내남면 안심길 141-14/010-2290-3520

권남희 05719 서울시 송파구 중대로 101, 동부썬빌 311호/
010-5412-4397

권명숙 28774 충북 청주시 상당구 용암로 35, 101동 206호/
010-8330 -2369

권명오 Myung oh Kwon 3250 maple terrace dr Suwannee,
GA 30024-3702 USA/404-394-6609

권민정 16817 경기도 용인시 수지구 신봉2로 26, 122동 1202호
(신봉동, 자이1차@)/010-2273-3505

권상진 38068 경북 경주시 광중길 73-6, 현진에버빌 2차 201동 102호/
010-3521-9998

권수복 54092 전북 군산시 미장남로 10, 109동 303호(미장아이파크)/
010-3600-7688

권숙월 39511 경북 김천시 감문면 태촌2길 3-31/010-3818-6344

권순갑 27702 충북 음성군 음성읍 시장로 79/010-5463-9233

권순악 10337 경기도 고양시 일산동구 탄중로 430, 1003동 502호
(중산마을 동신아파트)/010-9176-6085

권순영 06289 서울시 강남구 선릉로 120, 개포우성1차아파트 8동 1003호/
010-5608-3084

권순자 07933 서울시 양천구 중앙로 53길 5, 1동 803호(서울가든아파트)/
010-6201-4792

권순해 26448 강원도 원주시 서원대로 389, 104동 1204호/
010-8547-1415

권순희 Clara Soonhee Kwon-Tatum P.O. Box 291, Sharpsburg, GA 30277 USA/404-488-6663

권애숙 부산시 수영구 광안해변로 100, 208동 610호(남천삼익비치아파트)/ 010-3553-3179

권영목 03480 서울시 은평구 응암로 4길 24(응암동), 대림시장 내 순영뜨게방/010-6338-1376

권영민 54653 전북 익산시 선화로1길 57-32, 503동 1103호 (배산휴먼시아 5단지)/010-3933-3737

권영시 12580 경기도 양평군 양서면 증동길 274-60(솔향 마을)/ 010-8585-8392

권영옥 13604 경기도 성남시 분당구 불곡북로 35번길 4, 3층/ 010-5128-1143

권영옥 03446 서울시 은평구 은평터널로 121-18, 201호/ 010-6309-3707

권영주 39277 경북 구미시 신시로 16길 141, 101동 407호 (송정동, 삼성장미아파트)/010-4539-1337

권영춘 08773 서울시 관악구 남부순환로 166길 69(1층, 신림 1동)/ 010-9037-2038

권영호(동화) 37337 경북 의성군 의성읍 후죽4길 29-6/010-3814-4440

권영호(시) 36649 경북 안동시 단원로 81-8 명성한마음타운 302동 502호/ 010-3538-1975

권영희 04397 서울시 용산구 서빙고로 91 나길 9/010-6425-8166

권오견 08740 서울시 관악구 행운7길 14/010-5306-1086

권오운 05070 서울시 광진구 뚝섬로32길35, 302동 105호 (자양동, 자양3차 우성아파트)/010-3170-0962

권오휘 36824 경북 예천군 예천읍 밤나무골길26, 영남타운 2차 201호/ 010-8770-5231

권용태 25268 강원도 횡성군 안흥면 노동로 227번길 82-71/ 010-4704-7099

권은영 31066 충남 천안시 동남구 성불사 길 41, 109동 202호

(대림e편한세상 1차아파트)/010 3100 7565

권재중 17782 경기도 평택시 송탄로 90, 111동 103호(이충동현대아파트)/010-4533-7379

권종숙 12258 경기도 남양주시 경춘로 468-40, 114동 1003호(다산동, 힐스테이트 황금산)/010-2209-9457

권정애 08637 서울시 금천구 시흥대로 165, 206동 2406호(남서울힐스테이트)/010-2985-5999

권천학 Cheonhak Kwon 58 Princeton Road, Toronto, ON. M8X 2E4 Canada/647-703-7742/03633 서울시 서대문구 통일로34길 46, 110동 303호(홍제동 인왕산 현대아파트)/010-2483-5616

권철 47110 부산시 부산진구 초연로 11, 연지자이2차@ 211동 803호/010-8728-7420

권철구 31777 충남 당진시 당진중앙3로 23, 301호/010-8930-8456

권태숙 07244 서울시 영등포구 양산로 177, 106동 1401호/010-2376-3778

권필원 08651 서울시 금천구 시흥대로28길 35-20, 102호(권종호)/010-5678-2349

권해솜 07954 서울시 양천구 목동중앙본로13길 16-1, 101호/010-3028-7580

권혁모 08240 서울시 구로구 중앙로 121, 101동 906호(고척동, 고척파크푸르지오)/010-3088-0537

권혁수 05764 서울시 송파구 오금로 551, 205동 1601호(e편한세상)/010-8218-9667

권혁찬 17892 경기도 평택시 통복시장로 51, 부흥빌라 101호/010-2380-0079

권현옥 13602 경기도 성남시 분당구 정자로 112, 501동 1502호(신화아파트)/010-9141-6014

권희경 12923 경기도 하남미사 강변 동로20, 부영 사랑으로아파트 3110동 301호/010 9979 4251

권희표 57559 전남 곡성군 석곡면 석곡로64/010-9850-3233

　시작이 반이라 했습니다

　벌써『태사문학』 3집이 발간되어 매우 기쁩니다. 편집위원님들의 헌신적 노력이 이렇게 보람된 결과가 맺어졌습니다. 자료 수집에 정성을 쏟으신 권혁모 시인님, 제출된 작품을 꼼꼼히 챙겨 주시는 권순자 시인님, 주옥같은 작품을 제출해 주셔서『태사문학』을 빛내 주시는 종친 문사님들께 감사드립니다.

　『태사문학』이 앞으로 더욱 발전되리라 기대해 봅니다. 종친 문사님들께서 문운이 만발하시기를 기원합니다.

– 권필원

　지난해 유네스코 세계문화유산인 '종묘 추향대제'에서 '아헌관'으로 봉무하였다. 초헌관, 아헌관, 종헌관은 대부분이 이 왕가의 성씨였고, 안동권씨는 혼자였는데, 거기서 조선 제5대 국왕인 문종과 현덕왕후 권씨께 두 번째의 잔을 올렸다.

　당상관의 예복을 입고 영녕전에서 잔을 올리는 순간의 감회는 남달랐다. 가슴에 가문의 이름을 단『태사문학』도 뜨겁게 맞아야 할 소중한 인연이다. 삼세판이라 하였듯, 제3집『태사문학』은 사명감이라는 과녁의 정중앙에 맞아 들 것 같다.

　제3집『태사문학』부터 새롭게 정하는 첫 번째의 제호『감자꽃』이 우리들『태사문학』에 보다 다감하고 새롭게 다가올 것이라는 예감을 해 본다.

- 권혁모

　어느새 『태사문학』 3집이 발간되었습니다. 이는 여러 족친 문인들의 열렬한 정성으로 이루어졌습니다. 족친 문인들께서 바쁜 일정 중에서도 잊지 않고 귀한 원고, 시, 시조, 동시, 동시조, 수필, 동화, 소설 등을 보내 주셔서 다양하고 풍성한 사화집으로 태어났습니다.

　따스하고 정겨운 글을 읽으며 내가 먼저 위로를 받았습니다. 세상이 아무리 힘들고 어려운 시절이라 하더라도 그것을 이겨나가도록 위로와 응원을 해 주는 글이 있는 한, 꿈과 소망이 있다는 생각이 들었습니다. 장애물을 거뜬히 건너서 앞으로 나아갈 수 있게 되리라는 믿음이 싹트게 해 주는 글이 있어서 감사합니다. 그리고 그런 글을 쓰시는 권문 문사들이 계셔서 기쁩니다.

- 권순자

♠ 태사문학회 회비/후원금 계좌

우리은행 1002-963-051871 권순자 태사문학회

♠ 사무실 및 연락처

권필원(대표) 010-5678-2349

주소 08651 서울특별시 금천구 시흥대로28길 35-20, 102호(권종호)

권순자(편집국장) 010-6201-4792